# Zeitzittern

## Die Aufzeichnungen
## des Leopold Branntwein

### Roman von Gerd Scherm

## Impressum

Copyright © 2018 Gerd Scherm
Redaktion: Friederike Gollwitzer
Cover: Friederike Gollwitzer & Gerd Scherm
Illustrationen: Gerd Scherm
Herstellung und Verlag:
BoD-Books on Demand, Norderstedt
ISBN 978-3-7528-2890-0

Nicht die Zeit ist's
wir sind's
die vergehen

*Gerd Scherm*

# Die Aufzeichnungen (immerwährendes Fragment)

Erstens:
Den Heutigen, früh morgens.
Habe Klara das Ohr zurückgegeben, das sie mir geliehen hatte. Sie vermisst ihren Perlen-Ohrring, der daran hing, ein Erbstück von ihrer Großmutter. Kann mich nicht erinnern, was ich damit gemacht habe.

Zweitens:
Ein Abend.
Klara hat an der Türe geklingelt. Oft. Dann dagegen geschlagen. Auch oft. Habe mich tot gestellt und fühle mich auch so.

Drittens:
Der Heutige, der ganztags der Morgige ist.
Habe Klaras Perle in meiner Austernsammlung gefunden. Das Silber ist oxydiert. Sieht trefflich aus, passt gut zur Melancholie der schwarzen Schalen.

Viertens:
Die darauf folgende Nacht.
Mache mir Sorgen wegen Klara, sie war so energisch. Ob sie unsere Verlobung lösen wird? Ein Ansatz wäre es schon, immerhin etwas völlig anderes, als die letzten sieben Jahre. Horche in mich hinein, ob ich mich schon unverlobt fühle.

Etwas ist da, in mir, grummelnd, fordernd, vielleicht ist es Hunger.

Fünftens:
Knapp nach Sonnenaufgang.
Laute Musik von nebenan – der Nachbar ließ sich von Wagners Götterdämmerung wecken. Wenn der Kerl unter Verstopfung leidet, wird er immer extrem aggressiv. Hoffentlich fängt er nicht wieder eine Schlägerei mit mir an.

Sechstens:
Nachmittags zu spät.
Klara saß deprimiert auf meiner Treppe, angeblich schon seit Mitternacht. Sie kommuniziert nur noch mit Zetteln, sie will nicht mehr mit mir reden, nur noch mit mir weinen. Ihr Ohr lag in rosa Geschenkpapier gewickelt in meinem Briefkasten. Nun werden Ohrring und Ohr wieder zusammenfinden. Ich bin sehr erleichtert.

Siebtens:
Lange Dämmerung.
Heute kreiste ein Himmelsschreiberflugzeug über der Stadt. Der Pilot hatte anscheinend eine Schreibblockade, weil er nichts geschrieben hat. Wie habe ich mich nach einem Wort von ihm gesehnt! Doch bei Sonnenuntergang war das Blau des Himmels immer noch leer. Klara ist verschwunden.

Achtens:

Aurora.

Alleine aufgewacht, wie sonst? Kurze Überlegung, das Bett nicht zu verlassen, es wie Heinrich Heine als Matratzengruft zu sehen und hier zu verenden, morgen oder in zehn Jahren. Ob Klara mich wohl besuchen würde?

Neuntens:

Sommerhitze noch im Abendrot.

Vielleicht weise ich Klara darauf hin, dass Leopold mit Romeo fast identisch ist: drei wunderbare, mit Liebe gefüllte Silben: Ro-me-o – Le-o-pold – RO-ME-O – LE-OOO-POLD. Klaras Mutter sagte, es fehlt nur ein kleiner Handkoffer vom Dachboden. Meine Hoffnung keimt und zeigt den ersten Trieb.

Zehntens:

Ganztägige Verwirrung.

Stundenlang irritierende Blähungen. Allerdings gab mir ein Furz Hoffnung: er war sehr elegant, langgezogen mit leichten Vibrationen, fast aristokratisch zu nennen. Ein Flatus von echtem Adel.

Elftens:

Wintereinbruch.

Einsame Monate sind vergangen, wobei die Einsamkeit nicht vergangen ist. Kein Zeichen von Klara, doch ich hoffe auf Neuschnee, der es mir erleichtern würde, ihre Spuren zu finden.

Zwölftens:

Hoffnung von auswärts.

Mein Therapeut machte heute eine Rückführung mit mir. Dabei ließ er mich in Hypnose an meine früheren Leben erinnern, um Inkarnation für Inkarnation die Ursache für mein Unglück zu finden. Er ging sehr weit zurück. Ich musste in eine mit Laub gefüllte Badewanne steigen, die er »Herbst im Paradies« nannte. Ich begegnete Adam und Eva und ich selbst war ein eng beschriebenes Blatt am Baum der Erkenntnis. Leider war die Handschrift unleserlich.

Dreizehntens:

Die anonyme Botschaft.

Ein Telegramm macht im ganzen Viertel die Runde. Leider ist es anonym und die Empfängeranschrift unleserlich, so dass jeder, der es liest, es auf sich selbst bezieht. Der Pfarrer spricht gar von einer Prophezeiung für die gesamte Menschheit.

ANKOMME FREITAG STOP BRINGE ALLES MIT STOP ES WIRD EIN SINGEN SEIN STOP

Dabei weiß ich ganz genau, dass es nur für mich bestimmt ist.

Vierzehntens:

Die Gedanken-Nacht.

Je länger man über eine Sache nachdenkt, desto besser erfasst und versteht man sie, las ich einst in einem klugen Buch. Doch letzte Nacht dachte ich alle Stunden hindurch und je länger ich dachte, desto mehr vergoren meine Gedanken und es war mir, als stiegen Dämpfe in mein Gehirn. Des Morgens war ich so verwirrt, dass ich den Kaffee über das Brot goss und mir die Butter auf den Handrücken strich.

Fünfzehntens:
Zeitlos.
Erneuter Versuch, aus alten Fotos eine neue Gegenwart herzustellen. Bin völlig gescheitert, da der Sumpf aus Erinnerungen jeden Ansatz erbarmungslos verschlang und in Sentimentalität ertränkte.

Sechzehntens:
Ohne Zweck, halbtags.
Ich übte mich in der Kunst des Schlenderns. Bin ohne jede Absicht die Hauptstraße hinauf und hinunter gegangen, wieder und wieder. Habe mir die Dinge in den Schaufenstern angesehen ohne ein einziges Mal den Wunsch zu hegen, irgendetwas zu kaufen. Mit leeren Händen war ich ausgezogen und mit leeren Händen bin ich zurückgekehrt. Schlendern erfordert eine immense Konzentration!

Siebzehntens:
Hoffnung hegen, stundenlang.
Manchmal hilft es mir, die Dinge beim Wort zu nehmen. Oder auch die Wörter wörtlich. Habe sieben Quartbögen beidseitig eng an eng mit »Hoffnung« beschrieben und anschließend feierlich im Ofen verbrannt, weil ich Hoffnung schüren wollte. Es war ein sehr verheißungsvolles Lodern, weshalb ich die Asche in Großmutters Urne füllte.

Achtzehntens:
Warten, warten.
Ein ungewöhnliches Geräusch ließ mich an Klara denken. Es erinnerte mich an das Knirschen ihrer Zähne bei unserem ersten gemeinsamen Picknick im Park, als ich ihr Sandkuchen reichte. Später half ich ihr, die Rutsche zu erklimmen. Das Glück ist an manchen Tag nur fünf Jahre alt.

Neunzehntens:
Ferne Lebenszeichen.
Ein Brief, den mein Halbbruder Naftule mir geschrieben hat, geriet versehentlich in die Hände meines neidischen Nachbarn. Man berichtete mir, dass dieser ihn tagelang bei sich trug, die amerikanische Briefmarke jedem zeigend, der seinen Weg kreuzte. Erst als er das Schreiben beim misstrauischen Wirt in Zahlung geben wollte, erkannte dieser, dass der Brief eigentlich an mich gerichtet war und ließ ihn mir durch seinen Sohn zustellen. Naftule verdient sein Geld als Klezmorim in New York City und spielt seine besten Stücke stets mit dem Rücken zum Publikum, damit keiner sein Klarinettenspiel kopieren kann.

Zwanzigstens:
HerzSchmerz.
Die Einsamkeit meines Herzens macht mir Gänsehaut. Gerne würde ich es trösten, wenn ich nur wüsste, wo es steckt. Doch Klara hat mein Herz mitgenommen und nur eine leere Grube

zurückgelassen. Dort hinein werfe ich all mein Begehren, auf dass es sich alchimistisch wandle und brodle und ausbreche wie ein Vulkan. Der Ausbruch des Mount Leopold wird das Viertel erschüttern.

Einundzwanzigstens:
Andere Frauen, andere Männer.
Max nahm mich in ein Haus mit, in dem einsame Frauen auf Männer warten. Vier von ihnen wollten sich sogleich mit mir verloben. Doch ich habe dankend abgelehnt, weil keine von ihnen ihre anderen Verlobten meinetwegen aufgeben wollte. Es ist sehr schwer, der Einzige im Leben einer Frau zu sein.

Zweiundzwanzigstens:
Zukunft, ganz am Anfang.
Ich habe beschlossen, aktiv ins Leben zurückzukehren. Kein Sehnen mehr nach Klara, kein Trauern um die Dinge, die ich niemals besaß, kein Schmerz aufgrund geträumter Verletzungen. Ich bin im Hier und Heute, jawoll! Meiner selbst bewusst und stark. Mit all meiner Sehnsucht, die mich mit Trauer erfüllt und mich leiden lässt, leiden, Tag für Tag.

Dreiundzwanzigstens:
Zahl der Teile unbekannt.
Das Leben ist ein Puzzle, bei dem ständig Teile fehlen. Und wenn man dann endlich wieder ein Stück zu finden glaubt, passt es absolut nicht, scheint es gar zu einem anderen Bild zu gehören. Wer nur

zerstückelt unsere Leben so sehr, dass wir selbst bei penibelster Ordnung keinen Sinn darin erkennen können? Muss Vetter Franz K. fragen, was er davon hält.

Vierundzwanzigstens:
Wasser Wasser Wasser.
Regen, endloser Regen, doch es ist zu spät, eine Arche zu bauen. Vom Balkon aus wurde ich Zeuge, wie sich eine Elster in einen Pinguin verwandelte. Der Beweis für die Evolution! Der Pinguin wurde kurz darauf von einem Dackel verfolgt, der sich mitten auf der Chaussee in einen Wels transformierte und schlagartig das Grundeln der Jagd auf Federvieh vorzog.
Was wird wohl aus uns Menschen werden? Haie?

Fünfundzwanzigstens:
Komm zu mir, oh süßer Schlaf!
Konnte vor lauter Gähnen nicht schlafen. Jedes Mal kurz vor dem Einnicken, riss mich mein Kiefer aus der Ruhe und presste mir die Tränen aus den Augen. Mein Kopfkissen ist bereits von einer Salzkruste überzogen. Ist es mein Weinen, das die Welt ertränkt?

Sechsundzwanzigstens:
Zuhören und Tee trinken.
Heute Einladung bei Frau von Slomsky. Bei Tee und Keksen pries sie mir zwecks Verlobung ihre Tochter Ophelia an, die selbst nicht anwesend war. Es ist

14

verdächtig, ein Mädchen Ophelia zu nennen, was denken sich die Eltern nur dabei? Soll »die Hilfreiche« für ihre Mutter Dienstmädchen spielen bis ans Ende der Tage (der Vater hat für sich selbiges bereits erreicht), oder ist es ein dezenter Hinweis, wie Ophelia sich dereinst gefälligst in bester Shakespeare-Manier selbst aus dieser Welt schaffen soll? Wäre eine Heirat mit mir wirklich eine Alternative zum Tod im kalten Nass? Oder sollte ich in Wahrheit ein Hamlet sein, dessen vielleicht noch existierender Vater von dessen nicht mehr lebenden Onkel ermordet wird? Dieser Nachgeschmack, was war das nur für ein Tee?

Siebenundzwanzigstens:
Ich & ich.
Seit einigen Tagen empfinde ich mein Spiegelbild als bedrohlich, es flößt mir Angst ein. Inzwischen versuche ich, an meinem Ich auf der Silberscheibe vorbeizusehen, was mir auch gut gelingt. Manchmal nehme ich mich kaum noch wahr, was allerdings beim Rasieren bereits zu mehreren Verletzungen führte.

Achtundzwanzigstens:
Sender, kein Empfänger.
Schicke Tag für Tag Botschaften in die Welt hinaus – Postkarten, Briefe, Zettel, manchmal sogar Päckchen. Nachrichten von mir an, ja, an wen eigentlich? Egal, welche Namen als Adressaten aufscheinen, sie sind, obwohl vertraut, doch so imaginär in ihrer

Distanz zu mir. Vielleicht bin ich deshalb nur Sender und nie Empfänger? Ach, wie würde ich für eine Antwort von dort draußen den Postboten umarmen!

Neunundzwanzigstens:
Sind Träume Schäume?
Habe von Klara geträumt und sie war mir zärtlich nah. Sehr zärtlich und sehr nah. Gleich nach dem Frühstück legte ich mich wieder hin, um unser Treffen fortzusetzen, doch träumte ich nicht von ihr, sondern von einem Straßenbahndepot, in dem jeder Wagen den Namen "Desire" trug.

Dreißigstens: Traum-Manufaktur?
Ich möchte Träume selbst herstellen, ganz bewusst, genau nach meinem Geschmack. Doch womit? Die segensreiche Schöpfung des Theophrastus Bombastus von Hohenheim genannt Paracelsus wäre eine Möglichkeit: Laudanum, Geschenk des Schlafmohns, Freund der Dichter. Oder doch lieber Absinth, die grüne Fee? Können Baudelaire, Poe und Wilde irren?

Einunddreißigstens:
Der Untergang.
Die Zeitungen berichteten heute von einem Schiffsunglück. Das riesige Passagierschiff »Titanic« ist auf seiner Jungfernfahrt im Nordatlantik untergegangen. Oh schreckliche Realität, du Feindin jeglicher Vorstellung. Die Angst macht mich zittern, dass Klara vielleicht an Bord gewesen ist.

Zweiunddreißigstens:
Betroffenheit allerorten.
Alle reden nur noch vom Untergang der »Titanic«.
Jeder mutmaßt, dass er eines der Opfer kannte, gar
mit ihm verwandt oder doch zumindest liiert war.
Also doch Klara? Ich wage mich kaum noch in die
Stadt, vermute hinter jeder Hausecke einen Eisberg,
der mir auflauert, der nur darauf wartet, mich zu
zermalmen. Irgendwo klappert ein Kindertretroller.
Wetter: 8 Grad bei leichter Bewölkung.


Dreiunddreißigstens:
Was ist Gegenwart?
»Lebe die Gegenwart!«, forderte mich Tante Ruth
auf, doch sie hat leicht reden. In ihrer Jugend dau-
erte die Gegenwart noch einen ganzen Sommer oder
länger. Heute steht uns dafür kaum noch ein Tag zur
Verfügung, meist weniger. Gestern schien es mir, als
sei die Gegenwart schon nach einer Stunde vorbei
gewesen. Bald werden uns nur noch Minuten oder
gar nur Sekunden bleiben.


Vierunddreißigstens:
Neues von Franz K.
Vetter Franz erzählt überall von seinem Käfer-
Traum. Von mir verlangte er gar, ich soll ihn hinfort
Gregor nennen. Nicht, dass mir dieser Name nicht
gefallen würde, aber mich stören die Fühler an Franzens Hut, die mir jedes Mal übers Gesicht streifen,
wenn er mir in seiner ganz eigenen Art bedeutsam
zunickt.

Fünfunddreißigstens:
Wieder Bedenken.
Vielleicht hätten mich meine Eltern doch nicht so früh mit Klara verloben sollen. Die Einschulung scheint mir im Nachhinein kein gut gewählter Termin für ein Ereignis mit solcher Tragweite.

Sechsunddreißigstens:
Perspektiven. Oder doch nicht?
Vetter Franz K. empfiehlt mir eine Karriere in der Versicherungsbranche. Dort seien dem exzessiven Tagträumen keine Grenzen gesetzt und Unfälle gibt es immer und überall. Krisensicher sozusagen und nicht nur in Böhmen! Vielleicht komme ich auf diesem Weg nach Wien?

*Franz Kafka*

Siebenunddreißigstens:
Platzprobleme.
Heute sehr lange nachgedacht: Ein Kopf ist eigentlich gar nicht groß, kleiner zum Beispiel als ein normaler Wassereimer. Und dennoch hat so viel Platz darin, so viel Verzweiflung, so viel Sehnsucht, so viel Leere. Bestimmt mehr als zehn Liter.

Achtunddreißigstens:
Der Fortschritt schreitet fort.
Immer mehr Automobile in den Straßen Prags. Die Züge werden schneller und schneller. Werden wir bald nach Wien fliegen? Wann können wir eine Gewehrkugel überholen? Könnten wir sie abfeuern, geschwind an ihr vorbeifahren, um dann von unserer selbst abgefeuerten Kugel getroffen zu werden?

Neununddreißigstens:
Mutter weiß Rat.
Es ist wunderbar, wenn man noch eine Mutter hat, die einem Trost und Klarheit schenkt. Sie sagte mir, dass ich die Pubertät immer noch nicht ganz überwunden habe, was in meiner Familie väterlicherseits aber häufig der Fall ist. Eigentlich sollte die Pubertät ja keine Krankheit sein, aber wenn man mit 22 immer noch unter ihr leidet, ist sie es vielleicht doch? Sie gab mir als Medizin ein Döschen Lakritzpastillen. Ich soll bei meinen nervösen Anfällen in nächster Zeit immer eine davon ganz langsam lutschen, aber immer nur eine.

Vierzigstens:
Verzweiflung und Verbitterung!
Selbst drei Lakritzpastillen zeigen keine Wirkung –
die Erektion verschwindet nicht.

Einundvierzigstens:
Unverhoffter Hoffnungsschimmer.
Unsere Zugehfrau Sharka T. flüsterte mir zu, dass es
für mein Problem wirkungsvollere Mittel als Lakritz
gäbe. Doch sie war heute sehr in Eile, versprach
aber, mir in Bälde zu helfen. Mittwoch kommt sie
wieder. Es gibt doch noch gute Menschen in Prag
und die Hoffnung ist zu mir zurückgekehrt.

Zweiundvierzigstens:
Ablenkungen und Abschweifungen.
Mit Vetter Franz K. im Kaffeehaus gewesen. Er erzählte mir von einem interessanten Kollegen, einem
gewissen Leo Perutz, Versicherungsmathematiker
und Kollege bei der Assicurazioni Generali in Triest,
jetzt bei Versicherungsgesellschaft Anker in Wien
tätig, der weitgereist begonnen hat, fantastische Geschichten zu schreiben. Ich freue mich schon darauf,
von ihm zu lesen. Ich lasse mich gerne zwischen die
Buchdeckel fallen, um in den Zeilen zu verschwinden.

Dreiundvierzigstens:
Selbsttröstung besser als Selbsttötung.
Immer wenn es mir ganz schlecht geht, und das ist
nicht selten der Fall, denke ich an all die Bücher, die
ich noch nicht gelesen habe. So viel Literatur, so
viele Welten, die noch vor mir liegen! Dazu all die
Bücher, die noch nicht geschrieben wurden, die im
Entstehen sind, die sich in den Köpfen der Autoren
just in diesem Augenblick formen. Wahrlich, ich
werde sie lesen, sie alle!

Vierundvierzigstens:
Spieglein, Spieglein an der Wand.
Manchmal, wenn ich alleine bin und kein Spiegel in
der Nähe ist, dann fühle ich mich selbstbewusst und
stark. Doch schnell nagen die Zweifel an mir und ich
suche die Konfrontation mit meinem Konterfei. Ich
betrachte das Bild im Spiegel und halte es aus. So
lange, bis der Mann im Spiegel seine Faust hebt und
von der anderen Seite gegen das Glas klopft.

Fünfundvierzigstens:
Klara ist zurück!
Klara war in England in einem Suffragetten-Camp,
wo sie sich zur Frauenrechtlerin hat ausbilden lassen. Sie hat dann mit anderen Suffragetten mit Häm-
mern und Steinen fast 300 Fenster im Einkaufsvier-
tel im Londoner Westend zerstört. Dabei dachte ich
immer, Frauen kaufen gerne ein.
Klara wurde zusammen mit über 200 Frauen festge-
nommen. Danach saß sie im Londoner Gefängnis

Holloway ein. Kein Wunder, dass ich keine Post von ihr bekommen habe. Sie hat mir ein Fläschchen Rasierwasser von Truefitt & Hill aus St. James's mitgebracht – ein wunderbarer Duft!

Sechsundvierzigstens:
Das Lied der Frauen.
Klara hat mir den »March of Women« beigebracht. Es ist wunderbar, Mann und Frau, Schulter an Schulter mit ihr am Fenster zu stehen und das Lied ins abendliche Prag hinauszuschmettern:
Shout, shout, up with your song!
Cry with the wind, for the dawn is breaking;
March, march, swing you along,
Wide blows our banner, and hope is waking.
Song with its story, dreams with their glory Lo!
they call, and glad is their word!
Loud and louder it swells,
Thunder of freedom, the voice of the Lord!
Long, long -- we in the past
Cowered in dread from the light of heaven,
Strong, strong -- stand we at last,
Fearless in faith and with sight new given.
Strength with its beauty, Life with its duty,
(Hear the voice, oh hear and obey!)
These, these -- beckon us on!
Open your eyes to the blaze of day.
Comrades -- ye who have dared
First in the battle to strive and sorrow!
Scorned, spurned -- nought have ye cared,
Raising your eyes to a wider morrow,

Ways that are weary, days that are dreary,
Toil and pain by faith ye have borne;
Hail, hail -- victors ye stand,
Wearing the wreath that the brave have worn!
Life, strife -- those two are one,
Naught can ye win but by faith and daring.
On, on -- that ye have done
But for the work of today preparing.
Firm in reliance, laugh a defiance,
(Laugh in hope, for sure is the end)
March, march -- many as one,
Shoulder to shoulder and friend to friend.


Siebenundvierzigstens:
Gravierende Veränderungen.
Klara ist begehrenswerter denn je, jedoch fürchte ich
manchmal ihre Nähe. Sie ist so rigoros, so fordernd,
so anstrengend. Sollte das der Vorgeschmack auf
unsere Ehe sein?


Achtundvierzigstens:
Schmerzliche Entfremdung.
So geht denn meine Zukunft dahin. Keine Gebor-
genheit in Aussicht, kein trauter Herd der meiner
harrt. Als Mann an der Seite einer Suffragette wäre
meine Überlebenschance wohl gleich Null. Da entscheide ich mich lieber für die vertraute Melancholie
meiner Einsamkeit.

Neunundvierzigstens:
Sehnsucht um Sehnsucht um Sehnsucht …
Jeden Morgen erinnert mich der Duft des Truefitt &
Hill Rasierwassers an Klara. Wie vermisse ich unseren gemeinsamen Gesang am Fenster, auch wenn es
ein Weiber-Kampflied war. Wie vermisse ich Klaras
Stimme, auch wenn mir ihre Parolen Angst machen.
Wie gerne würde ich wieder mit ihr sprechen, wenn
sie mich nur zu Wort kommen ließe.

Fünfzigstens:
Abendlicher Ausflug.
Im Salon »Loisitschek« gesessen und mit Vetter
Franz, Gustav Meyrink, Alfred Kubin und Fritz von
Herzmanovsky-Orlando gebechert. Es war ein grauseliger Weg zurück nachhause. Die Gassen wankten
und schwankten und mir war elendiglich übel. Zum
Glück hat mich der Gemmenschneider Athanasius
Pernath aufgelesen und zu Bett gebracht.

Einundfünfzigstens:
Schreckliches Erwachen.
Ich möchte nie mehr träumen, nimmermehr! Es begegnet einem viel zu viel Gesindel in den Träumen.
Und peinliche Situationen! Dazu diese furchtbare
Hilflosigkeit. Es war schrecklich und ich wusste mir
nicht mehr zu helfen. Ganz am Schluss hat mich
dann der Golem in seine Arme genommen und nach
Hause getragen.

Zweiundfünfzigstens:
Attentat in Sarajewo.
Erzherzog Franz Ferdinand wurde samt seiner Sophie erschossen. Man darf sich nicht wundern, dass einem so etwas geschieht, wenn man über dem Herzen Zielscheiben in Form von Orden trägt. So lässt es sich leichter treffen und jeder Schütze ist in dem Bewusstsein, dass er völlig zu recht abdrückt. Jeder Orden an einer Uniform wird im Blut Unschuldiger getränkt, bevor man ihn an die Brust heftet. Deshalb tragt lieber schmucklosen Loden, Ihr Tyrannen!

Dreiundfünfzigstens:
Es ist Krieg!
Brauchen wir das wirklich? Wir haben doch jedes Jahr das Kaiser-Manöver. Alles wunderbar geregelt, sorgfältig geplant, schön zum Anschauen, sauber und ohne Blut. Und mit Abschlussball. Das Wichtigste: Wir wissen schon vorher, dass wir am Ende gewinnen. Was ist dagegen schon ein richtiger Krieg? Schmutzig, blutig, unsicher. Im Prinzip unwürdig.

Vierundfünfzigstens:
Keine Chance auf Heldentod.
Viele fragen mich in diesen Tagen, warum ich nicht auch hinausstürmen will an die Front und mein Leben pro patria gebe, weil es doch so süß und ehrenvoll ist, fürs Vaterland zu sterben. Dabei habe ich mich ja durchaus schon im Frieden vergangenes Jahr als Einjähriger Freiwilliger gemeldet, feinst

ausgestattet mit Jägerwäsche, Gamaschen und Reitstiefeln. Doch meine militärische Laufbahn währte lediglich 16 Tage bis man mich wegen starker Senk-Spreiz- und Plattfüße als waffenunfähig klassifizierte. Seither gehöre ich zu jenen, die für ihre Wehruntauglichkeit 80 Kronen Militärtaxe pro Jahr bezahlen müssen.

Fünfundfünfzigstens:
Das Schicksal.
Ich denke schon, dass meine Moira, meine persönliche Schicksalsgöttin, mir ausnehmend gewogen ist. Ich denke, sie mag mich und ist mir auch immer ganz nah, vielleicht wohnt sie drüben in der Kleinseite oder gar in der Hahnpaßgasse. Aber egal, was sie für mich beschlossen hat, die Ananke, die oberste Herrscherin des Schicksals, der sich selbst die Götter beugen müssen, sie entschied, dass ich unglücklich zu sein habe. Da hat meine eigene Moira keine Chance. Ober sticht Unter. Dabei glaube ich gar nicht, dass die mächtige Chefin mich persönlich kennt und treffen will. Sie kümmert sich ja immer nur um das ganz Große - ob Troja brennt, ob Götter stürzen oder ein Weltkrieg ausbricht, diese internationale Gehirnpest. Die Ananke interessiert sich überhaupt nicht dafür, dass meine Verlobte eine Suffragette ist und bei mir alles schiefläuft. Ich habe beschlossen, nun doch Schriftsteller zu werden.

Sechsundfünfzigstens:

Das grauenhafte Grauen.

Der ständige Kanonendonner zerrt und zehrt an meinen Nerven. Auch wenn ich ihn nur aus der Zeitung und den Erzählungen in den Wirtshäusern kenne, er macht mich fix und fertig. Mein Grammophon bietet mir wenig Trost. Ich besitze nur drei Schallplatten, die inzwischen ebenfalls an meinen Nerven zerren und zehren.

Siebenundfünfzigstens:

Lähmung.

Ich hatte es befürchtet und es ist eingetreten: Ich bin wie paralysiert. Schreiben möchte ich, Welten erschaffen, Geschichten erzählen, doch die Feder versagt, die Schreibmaschine blockiert, mein Gehirn ist erstarrt, gefroren, versteinert. Des Nachts kann ich nicht schlafen.

Achtundfünfzigstens:

Medizinische Hilfe.

Meine Hauswirtin hat einen Arzt gerufen. Er hat mir eine Mixtur verschrieben, die man sofort aus der Apotheke herbeischaffte: »Dr. Ruškas AllNacht-Syrup«. Auf dem Etikett entzifferte ich »Alcohol 4¼ m, Cannabis Indica F.E. 4½ m, Chloroform 2¾ m, Morphia Sulph ¼ gr. Kombiniert mit weiteren wertvollen Ingredienzien, bewährt auch in Ostasien und Africa«. Hoffnungsvoll nahm ich zwei Esslöffel des Gebräus.

Neunundfünfzigstens:
Fieber?
Im Traum war Klara bei mir. Sie wollte mir die Hose ausziehen, aber alle Knöpfe waren geschwollen. Zornig holte sie einen Eimer mit Wasser. Ich erwachte, allein und mein Nachthemd war ganz nass.


Sechzigstens:
Tagebuch versus Weltgeschichte.
Leo Perutz fragte mich, ob denn der Krieg in meinem Tagebuch eine Rolle spiele. Ich denke, nein. So viele Menschen schreiben über ihn, wieso sollte ich, der den Krieg nur mittelbar erlebt, ihn groß thematisieren? Ich sehe jetzt schon die Zeitungen und Journale, die Bücher und Lexika vor mir, die genau wissen, wer warum wann und wo eine Schlacht gewonnen oder verloren hat. Wer letztendlich die Schuld trägt, dass es doch anders ausgegangen ist als erwartet. Und ich bin sicher, es wird anders ausgehen.


Einundsechzigstens:
Die Leiden von Vetter Franz K.
Wieder und wieder sagte er mir, dass der Krieg seine Fantasien zerstört! Wie soll er sich an ausgedachten Qualen ergötzen, wenn sie doch Tag für Tag noch viel schlimmer tausendfach in der Realität stattfinden? Dieses Massenabschlachten ohne jeglichen ästhetischen Anspruch, ohne künstlerische Gestaltung der Details? Gestern kam ein Brief von Franz, der mich sehr erleichterte:

»Heute früh zum ersten Mal seit langer Zeit wieder die Freude an der Vorstellung eines in meinem Herzen gedrehten Messers.«

Zweiundsechzigstens:
Der alte Kamerad.
Heute traf ich im Caféhaus meinen alten Schulfreund Leibl Rosenkrantz. Er erkannte mich nicht, konnte mich nicht erkennen, denn er ist jetzt blind. Geblendet wie einst der große Jäger Orion, doch war es bei meinem Kameraden Leibl nicht der Sohn des Dionysos, der dies getan hatte, sondern Senfgas. Die Helden von heute haben nicht mehr die Ehre, von Göttersöhnen verstümmelt zu werden. Kein Achilles mehr, der einen Hektor im ruhmvollen Zweikampf tötet. Namenlose Kugeln und Granaten erledigen dies mit industrieller Routine. Den Heroen ehrt heutzutage kein Epos mehr, höchstens stumme Listen mit tausend Namen.

Dreiundsechzigstens:
Der Ausweg.
Endlich ist mir die Flucht aus dem täglichen Elend gelungen. Ich verweigere jede Nachricht, ich beschränke meine Kontakte mit Menschen auf das absolut Notwendige. Und ich arbeite an meinem ersten Roman! Es soll eine Utopie werden, was sonst in diesen Zeiten?

Vierundsechzigstens:
Fürchterlicher Rückschlag.
Es ist das Sterben, das mich heute ziemlich übellaunig macht. Dieses jeden einzelnen Tag darauf zuleben ist ja in Wirklichkeit nichts anderes als aufs Ende zustreben, worin genau betrachtet »sterben« steckt. Nicht das große Sterben, das jetzt schon vier Jahre andauert, sondern das kleine, unauffällige, private, das eigene.

Fünfundsechzigstens:
Gemein sein.
Ein Freund beklagte sich, meine Worte seien verletzend. Natürlich sind sie es, schließlich bin ich Schriftsteller. Ich könnte ihm mit Worten die Haut abziehen, ihn tranchieren, filetieren, skelettieren. Mit wenigen Sätzen könnte ich ihn zu Asche verbrennen. Doch das werde ich nicht tun! Ich werde richtig gemein sein und seinen Namen überhaupt nicht erwähnen.

Sechsundsechzigstens:
Treffen der Genies.
Gestern, besser gesagt bis heute in die Morgenstunden im »Loisitschek« mit Vetter Franz, Gustav Meyrink, Alfred Kubin und Fritz von Herzmanovsky-Orlando. Wir haben über Gott und die Welt geredet, meist aber über Gott. Erstaunlicher Weise konnten wir bereits im Morgengrauen der gleichen Nacht eine Einigung erzielen:

Wenn die Schöpfung abgeschlossen ist, ist die Abwesenheit Gottes ein ganz natürliches Phänomen. Bei wem treiben sich die Handwerker noch herum, wenn das Haus längst fertig ist?

Wenn die Schöpfung aber noch nicht abgeschlossen ist, und all die offenkundigen Mängel in der Welt sprechen dafür, es aber dennoch über Jahrhunderte keine spürbaren Verbesserungen gibt, können wir davon ausgehen, dass Gott diese Baustelle aufgeben hat und woanders etwas Neues versucht.

Siebenundsechzigstens:
Frieden, aber was bedeutet das?
Die Waffen schweigen, die Münder nicht. Ganz im Gegenteil! Die Menschen, die in den Kriegsjahren immer ruhiger geworden waren und schließlich verstummten, brüllen nun ihren Schmerz in die Welt hinaus. Soldaten, Matrosen und Arbeiter machen allerorten Aufstände und reißen die Macht an sich.

Achtundsechzigstens:
Schluss mit dem Kronland Böhmen.
Die heutige Zeitung meldet: »Die Tschechen übernahmen in Prag von den bisherigen k. k. Behörden unblutig die Macht; Mitglieder des tschechoslowakischen Nationalrats übernahmen die Leitung der Statthalterei, der Landesverwaltungskommission, der Polizei und der Kriegsgetreideverkehrsanstalt.«
Also mir persönlich gefallen in dieser Meldung die Worte »unblutig« und »Getreide« am besten.

*Irgendwo im Gewinkel der »Loisitschek«*

Neunundsechzigstens:
Quo vadis, Leopold?
Wohin soll ich mich wenden, in dieser Zeit? Viele
Freunde wohnen jetzt in Wien, weil sie fürchten,
dass Prag zu böhmisch wird. Andere sagen, nur in
Deutschland kann ein Schriftsteller überleben, denn
dort sei der größte Absatzmarkt. Aber da oder dort
ist es mir zu unruhig. Die Österreicher trauern so
sehr um die Monarchie und die verlorene Größe,
dass man bei jedem Passanten Angst haben muss, er
könne einen in seinen Selbstmord verwickeln und
die Deutschen taumeln zwischen Revolution und
Depression. Jeder meint, alles verloren zu haben,
bloß der »Loisitschek« ist weiter geöffnet, außer am
Montag.

Siebzigstens:
Schuld allerorten.
Wo immer mehr als zwei Menschen zusammenste-
hen wird darüber diskutiert, wer schuld am verlorenen Krieg ist. Jetzt, nach ein paar Monaten, zeichnet
sich die Wahrheit ab: Die unfähigen Verbündeten.
Die feigen Italiener. Die unfairen Engländer. Die
verschlagenen Franzosen. Die Juden, na ja, fast alle,
außer mir und denen, die ich kenne. Die Freimaurer,
die sind eh an allem schuld. Die Temperenzler, diese
verfluchten Abstinenzler, die jede Freud verbieten
wollen und die ihrerseits den Alkohol als Grund für
die Niederlage nennen. Obwohl ich schon glaube,
dass »die da oben« besoffen waren, aber nicht von
Absinth und Schnaps, sondern von Macht und Gier.

Außerdem: Hat je ein einfacher Soldat einen Krieg verloren? Es waren immer seine Vorgesetzten.

Einundsiebzigstens:
Es lebt sich wieder.
Der Frieden wir immer begreifbarer. Klara taumelt von Veranstaltung zu Veranstaltung und ich bleibe in meiner Welt zurück. Schreibe nun intensiv an meinem utopischen Roman. Das gibt mir das Gefühl, eine Zukunft zu haben.

Zweiundsiebzigstens:
Die Gelehrtenrepublik.
Viele Menschen machen sich für eine Gelehrtenrepublik stark. Die Weisen und Wissenschaftler sollen den Staat lenken. Ich bin skeptisch! Ich kenne einige von der Sorte wie den Historiker Hochwaldus Hornbichler, der meint, die Illias und die Odyssee wären der Höhepunkt der menschlichen Kultur und seither ginge es nur noch bergab. Oder den Mathematiker und Astronomen Vladimir von Waldstejna, der jeden Stern am Firmament kennt, aber nicht die Vornamen seiner eigenen Kinder. Oder der Physiker Oskar Wammerl, der sich nicht einmal selbst die Schnürbändel zubinden kann. Oder der Chemiker Löw Finkelstein, dessen Labor vierteljährlich in die Luft fliegt. Kurz vor Kriegsende wollten sie ihn als Saboteur einsetzen, aber seine Höllenmaschinen gingen immer zum falschen Zeitpunkt los. Dafür haben sie ihn dann vors Kriegsgericht und fast an die

Wand gestellt. Und solche Gelehrte sollen über Wohl und Wehe der Republik bestimmen?

Dreiundsiebzigstens:
Leben in zwei Welten.
Derzeit gibt es mich zweimal: In meiner physischen Existenz, die außer essen, trinken und schlafen nicht viel beinhaltet und in meiner geistigen Existenz. Denn ich habe mich in meinem Roman neu erschaffen! Es gibt mich nun als Protagonist in der Zukunft. Ich führe ein interessantes Leben, mehrere Frauen begehren mich, ich bin erfolgreich. Nur stören mich die zunehmenden Sitzbeschwerden und die Rückenschmerzen vom Schreiben.

Vierundsiebzigstens:
Alles wird anders …
Mein Roman wird nun doch keine Utopie. Das ist mir alles zu weit weg von mir und jetzt. Ich brauche etwas, das ich im hier und heute fühlen kann. Eine Inspiration, eine mystische Erfahrung, ein Licht am Ende meines Lebenstunnels. Ich beschäftige mich mit Okkultismus, Spiritismus, Mystizismus und mein Romanmanuskript lodert im magischen Feuer der Transformation in meinem Ofen.

Fünfundsiebzigstens:
Ein Schatz ist angekommen.
Gestern schon kam ein Paket aus Amerika, doch sein Inhalt hat mich den ganzen Tag und die halbe Nacht beschäftigt. Mein Halbbruder Naftule hat mir

Grammophonplatten geschickt! Welch wunderbare, welch beseelte Musik! Wieder und wieder habe ich seiner einfühlsamen Klarinette gelauscht. Berührend seine Komposition »Naftule shplit far dem rebn« und das Volkslied »Acht Yur Sei Die Bist fin meim Eim Awek«. Dabei ist Naftule nicht nur acht, sondern bereits zwölf Jahre von seinem Heim in Galizien weg. Mit Naftules Musik erlebe ich die schönste Traurigkeit meines Lebens.

Sechsundsiebzigstens:
Wechselbäder!
So menschlich habe ich mich gefühlt, so verletzlich offen gegenüber meinen Mitmenschen und dann dieses! Klara hat mich öffentlich geschmäht. Bei einer Gesellschaft bei Frau von Slomsky sagte sie: »Wenn Männer so sind wie Leopold Branntwein, dann brauchen wir keine Männer.«
Mir blieb nur zu verstummen und grußlos den Raum zu verlassen.

Siebenundsiebzigstens:
Die Magie der Worte.
Buch um Buch gelesen und ein jedes buhlt um meine Erleuchtung. Jede Seite schreit: Ich hab' das Licht, bei mir strahlt es am allerhellsten! Manchmal fürchte ich, zwischen den Buchdeckeln zu verbrennen.

Achtundsiebzigstens:
Ein überraschender Besuch.
Ophelia von Slomsky stürmte ohne Anzuklopfen in mein Zimmer und deutete vorwurfsvoll mit dem Zeigefinger auf mich. Sie warf mir vor, sie bedrängt und unsittlich berührt zu haben. Letztendlich hätte ich gar, - nein sie wolle den Satz lieber nicht vollenden, was ich ihr in ihrem Traum alles angetan hatte. Dann rief sie: Wenn es nun schon einmal so weit gekommen sei, so möge die Realität dem Traum folgen! Ich war machtlos …

Neunundsiebzigstens:
Schuld? Reue? Schlechtes Gewissen? Nein!
*AL I:40:*
*Do what thou wilt shall be the whole of the Law.*
So hat er geschrieben, der Aleister Crowley, der Erbe von Madame Blavatsky, der Erfüller des Order of the Golden Dawn. Wie sonst soll ich meine Nacht mit Ophelia begründen?

Achtzigstens:
So anders kann die Welt sein.
Keine Kampflieder, keine Depressionen, nur Sehnen und Erfüllen im Stundentakt. Ophelia ist wunderbar, so direkt, so schnörkellos. Nie hätte ich gedacht, dass jemand so schnell seine Kleider ausziehen kann.

Einundachtzigstens:
Es ist eine Tragödie!
Frau von Slomsky hat Ophelia zu Verwandten in Ostpreußen deportiert. Mir hat sie ein Ultimatum gestellt: Dreimonatige Distanz zu ihrer Tochter mit anschließend sofortiger Verlobung oder gesellschaftliche Vernichtung meiner Person. Was soll ich bloß tun?

Zweiundachtzigstens:
Ein Wink des Schicksals.
Binnen zweier Tage habe ich Antworten von Perutz, Kubin, Herzmanovsky-Orlando, Meyrink und Reuß bekommen – sie alle haben mich eingeladen. Ich weiß, dass das nur eine Floskel ist, aber ich werde sie beim Wort nehmen! Frau von Slomsky habe ich mitgeteilt, dass ich mich auf eine längere Studienreise begeben muss. Danach könnten wir die Modalitäten meiner Verlobung mit ihrer Tochter besprechen.

Dreiundachtzigstens:
Bei Leo Perutz in Wien.
Mein Besuch ist derzeit wohl nicht ganz so günstig. Leo und Ida haben ein Kind bekommen. Die Mutter sagte: »Wir hätten lieber einen zweiten Hund gehabt.« Nun ist das Mädchen da und heißt Michaela. Trotzdem ist Leo gut ansprechbar. Haben über meine Romanidee »Der ewige Magier« gesprochen, ein Mann, der seit Jahrhunderten unterwegs ist und nicht sterben kann. Leo erzählte mir von seinem

neuesten Werk »Der Marques de Bolibar«, in dem das Motiv des ewigen Juden auftaucht. Dann haben wir uns die halbe Nacht durch das Thema gekämpft, von Goethe über Jan Graf Potocki und Wilhelm Hauff bis zu Alexandre Dumas, Adalbert Stifter und Andersen. Das Geschrei der kleinen Michaela beendete abrupt unsere Reise durch die Jahrhunderte und Leo ging, »um den Wurm zu putzen«.

Vierundachtzigstens:
Aufbruch gen Süden.
So angenehm und förderlich die Gespräche mit Leo sind, so unruhig ist es im Haus. Immer neue Gratulanten treffen ein und wollen die neue Erdenbürgerin begutachten und sich in ihr Stammbuch eintragen. Als Leo hörte, dass ich nun zu Fritz von Herzmanovsky-Orlando fahre, wies er mich auf dessen momentane Situation hin. Wegen einer schweren Erkrankung des genital-urologischen Apparats müsse Fritz sich ausschließlich im Süden aufhalten und dürfe sich nicht mehr nördlich der Alpen aufhalten. Außerdem lebe er derzeit in einer menage à trois mit seiner Carmen und einer jungen Frau. Der gute Fritz müsse da krankheitsbedingt wohl einiges an Sexualität anderweitig kompensieren. Nun, ich bin gewarnt!

*Leo Perutz*

Fünfundachtzigsten:
In einer anderen Welt.
Für mich ist dieser Besuch ein Eiertanz, aber es ist auch faszinierend hier. Fritz oszilliert irgendwo zwischen der theosophischen Gesellschaft, Crowley und obskuren Rassentheorien. Gleich beim Begrüßungskaffee hielt er mir bis zum Abendbrot einen Vortrag über den Arioheroiden und warum dieser der Gottmensch sei. Irgendwie hat es mit der Hoch- und Langschädeligkeit und die dadurch besonders ausgebildete hintere Assoziationssphäre zu tun, die wiederum irgendwie das Sprachvermögen und die Schöpferkraft begünstige. Im Gegensatz zu den Kurzkopfmongolen und Breitschädeln der Slawen oder den Langschädeln der Mediterranoiden und Neger. Ich erwartete, dass er mir nun sogleich den Schädel vermessen würde, um zu prüfen, ob ich seiner Gastfreundschaft auch wirklich würdig sei. Die beiden Damen des Hauses ließen sich leider nicht blicken.

Sechsundachtzigsten:
Der zweite Tag in Meran.
Heute stellte mich Fritz seiner Frau Carmen und Helga Kund vor. Wie ich aufschnappen konnte, nannte die Dame des Hauses Letztere leise »Tigerl«. Fritz verkündete stolz, Helga sei die derzeitige Inkarnation der Venus auf Erden. Leider entzogen sich beide Frauen unserer Gesellschaft und so plauderten Fritz und ich über literarische Projekte. Er erzählte mir von seinem Roman »Der Gaulschreck im

Rosennetz«, in dem es um einen verbitterten Hofzwerg, einen singenden Leibstuhl und einen notgeilen, subalternen Beamten namens Jaromir von Einhuf geht. Dieser hat das Lebensziel, Franz I. zu seinem 25-jährigen Regierungsjubiläum die Zahl 25 aus Milchzähnen geformt zu überreichen. Auf der Suche nach dem Milchzahn der Sängerin Höllenteufel verliebt er sich in sie. Verkleidet als Falter in den Apollosälen, weht ihn ein Windstoß auf die Straße, wo er mit den Schmetterlingsflügeln seines Kostüms die Pferde aufschreckt und irgendein Unglück passiert. So ganz schlau bin ich aus dem begeisterten Wortschwall meines Gastgebers nicht geworden. Fritz will mit dem Roman der österreichischen Monarchie ein paradoxes Denkmal, eine Mischung aus grotesker Liebeserklärung und abstruser Satire setzen. Alles sehr verwirrend.

Siebenundachtzigsten:
Neutempler und salige Frauen.
Fritz siedelt wirklich in der Brombeerhecke, wie Jean Paul den Wahnsinn nannte. Er ist ein Gefolgsmann von Jörg Lanz von Liebenfels und Mitglied in dessen Neutempler-Orden. Am Abend, den wir wieder nur zu zweit verbrachten, berichtete er mir von seiner Entdeckung der »saligen Frauen« in Tirol, die auch in seinem »Tyroler Drachenspiel« auftauchen. Das seien eigentlich Yoga-Mädchen, die an bestimmten Punkten, den so genannten »Erdnabeln«, durch Tänze Genmutationen hervorrufen können.

Achtundachtzigsten:
Die Verkörperung der Venus.
Wenn einem beim Schreiben immer noch der Atem stockt. Wo beginnen und wie? Am frühen Abend zeigte mir Fritz seine Zeichnungen aus den letzten Monaten – es waren Hunderte! Fast alle waren erotisch und sexuell, meist mythisch verbrämt oder bizarr überdreht. Unwillkürlich musste ich an den kranken genital-urologischen Apparat denken, von dem Leo Perutz mir erzählt hatte. Doch dies war nur eine Art Vorspiel. Nach dem Abendessen führte mich Fritz in einen dunklen Raum, in dem nur eine Ottomane beleuchtet war. Auf dieser räkelte sich Helga in einer grünen Tunika, in ihrem Schoß eine Katze. In der Nähe saß Carmen in einem Sessel, mehr erahnbar als sichtbar. Fritz hieß mich Platz zu nehmen und legte den Zeigefinger auf die Lippen. Ich hätte auch nicht gewusst, was ich sagen soll. Helga entblößte eine ihrer kleinen Brüste. Aus einer unsichtbaren Quelle hatte sie auf einmal Sahne an den Fingern, die sie auf den Nippel strich. Dann nahm sie die Katze zur Brust. Das Tier begann zu Lecken und zu Saugen. Milchtritte und leichte Bisse entlockten Helga leise, spitze Laute zwischen Schmerz und Wollust. Mit einer fließenden Bewegung entledigte sie sich der Tunika und spreizte die Beine in meine Richtung. Sahne auf ihrer enthaarten Scham lockte die Katze zwischen ihre Schenkel. Ich hörte Fritz neben mir leise stöhnen und Carmen nahm meine Hand und führte mich auf die Spur der Katze.

44

*Fritz von Herzmanovsky-Orlando*

Neunundachtzigsten:
Warten, warten.
Die nächsten Tage verbrachte ich wie im Fieber. Eigentlich hatte ich für den Besuch in Meran nur drei Tage eingeplant und wollte dann weiter nach München zu Meyrink und Reuß. Fritz hat mir aber noch eine wundervolle Inszenierung der reitenden Venus versprochen, in der ich eine wichtige Rolle spielen soll. Doch verschob er die Vorstellung von Tag zu Tag. Dafür quälte er mich mit Fotos, die er vom »Tigerl« und anderen seiner »Mädelfrauen« gemacht hatte. Er nannte diese Art der Fotografie »metaphysischer Symbolismus«. Das traf wohl zu – sehr viel Nymphenhaftes, sehr viel Dionysisches, sehr viel Venus, sehr viel Pan …

Neunzigstens:
Erfüllung.
Es war im gleichen Raum wie vor ein paar Tagen. Helga trug ein Kopfgeschmeide wie Schliemanns Frau aus dem Schatz des Priamus. Und sonst nichts. Dann ging alles sehr schnell. Mit wenigen Handgriffen waren meine Kleider verschwunden und Carmen spielte die Katze mit mir, aber ohne Sahne. Ich lag willenlos auf dem Rücken und erwartete die Göttin. Und sie kam, die Venus-Helga-Göttin-Tigerl-Mädelfrau, wieder und wieder.

*Schloss Rametz bei Meran*
*Wohnsitz von Fritz von Herzmanovsky-Orlando*

Einundneunzigstens:
Ritt über den Bodensee.
Das folgende Frühstück war eine zweisame Veranstaltung mit Fritz, der wortkarg vor sich hin kaute.
Zwischen zwei Bissen drückte er sein Bedauern aus, dass ich schon abreisen müsse, aber im Haus stünden nun andere Projekte an und ich wisse ja, der arioheroide Mensch sei nicht beschnitten. Das sei nichts gegen mich persönlich und schon gar nicht als Literat, aber rassisch gesehen ... Das Tigerl sei eben sehr animalisch veranlagt und lasse auch gerne mal die Katze ran und so einer wie ich sei schließlich auch eine Erfahrung. Ich hörte das Eis unter mir knirschen und verließ das Haus bevor es brach.

Zweiundneunzigstens:
Nach Norden!
Noch nie hat mich eine Eisenbahnfahrt so erleichtert wie diese. Radumdrehung für Radumdrehung die Flucht in eine andere Welt. So hoffe ich wenigstens.

Dreiundneunzigstens:
Durchatmen in München ...
Habe fast den ganzen Tag in der Neuen Pinakothek verbracht. Wunderbare Gemälde von Claude Monet, Édouard Manet, Paul Cezanne, Vincent van Gogh, Paul Gauguin, Henri Matisse und anderen brachten mich weit weg von den Erlebnissen der letzten Tage. Ich habe ihre Farben eingeatmet und ihre Atmosphären getrunken und bin zurückgekehrt. Zu mir: Leopold.

Vierundneunzigstens:
Das Haus zur letzten Laterne.
Mit dem Bummelzug nach Starnberg zu Meyrink. War sehr gespannt, den »Vater« des Golems und den Impresario der Walpurgisnacht wiederzusehen. Am frühen Nachmittag im »Haus zur letzten Laterne«, wie Meyrink sein Domizil nennt, eingetroffen. Sehr freundliche Aufnahme durch den Mann, über den Karl Kraus schrieb: »Er weiß geschickt seine Vorliebe für Buddhismus mit einer Abneigung gegen die Infanterie zu verbinden.«

Fünfundneunzigstens:
Ruhe am See.
Es tut gut mit so einem wunderbaren Schriftsteller wie Meyrink am Ufer des Starnberger Sees spazieren zu gehen. Obwohl er mir schon bei unseren Begegnungen im »Loisitschek« ausnehmend sympathisch war, bekomme ich hier von ihm einen ganz anderen Eindruck. Meyrink schreibt gerade an einem Roman, der westliche und östliche Mystik verknüpft – »Der weiße Dominikaner«. Seltsamer Weise heißt seine weibliche Hauptfigur Ophelia, eine Koinzidenz, die etwas Magisches hat. Ich sprach mit dem »großen Alten« auch über seine Prager Zeit und fragte ihn nach okkulten und spirituellen Zirkeln und Logen. Er bestätigte mir, dass Theodor Reuß sicher eine gute Quelle sei, da er jedem nur erdenklichen Orden angehörte oder angehört. Da sei bestimmt auch etwas für mich dabei. Wobei ich nicht weiß, wie ernst diese Bemerkung gemeint war.

Sechsundneunzigstens:

Meyrink und die Freimaurer.

Im »Haus zur letzten Laterne« verriet mir Meyrink, dass er sein Domizil nach einem Einweihungswinkel in Prag benannt hatte und er es als die letzte Wohnstätte seiner jetzigen Daseinsform sehe. Bei Tee und Keksen taute er zusehends auf. Auf meine indiskrete Frage, ob er ein initiierter Freimaurer sei, lächelte er geheimnisvoll. Die Geschichte, die er mir dann erzählte, war so interessant, dass ich sie hier zur Gänze wiedergebe:

»Nein, obwohl ich den Ideen der Freimaurerei positiv gegenüberstehe, wurde ich nie in den Bund aufgenommen. Es ergab sich einfach nicht. Aber ich habe meine ganz persönliche Freimaurer-Geschichte, die ich Ihnen erzählen will, junger Freund. Im dritten Kriegsjahr, so im Juli 1917, wurde ich telegraphisch nach Berlin ins Auswärtige Amt gebeten. Dort traf ich einen Legationsrat nebst zwei Vertrauensmännern, darunter den ehemaligen Beichtvater der Königin von Bayern. Man stellte mir sofort folgenden Antrag: Schreiben Sie uns einen Roman, in dem Sie den Nachweis führen, dass die Freimaurer am Weltkrieg schuld sind. Die einschlägige Literatur, die auf einem Tische bereit lag, wurde mir zur Verfügung gestellt. Der Roman sollte ins Englische und Schwedische übersetzt, in einer halben Million Exemplaren gedruckt und in alle Welt verschickt werden. Ich war nicht wenig erstaunt und erwiderte, man solle doch lieber Frenssen oder Ganghofer mit dieser Aufgabe betrauen. Doch die Herren meinten, die seien viel zu national und militär-freundlich, man brauche einen prominenten Schrift-steller, von dem das Publikum weiß, dass er kritisch, ja mehr als kritisch diesen Dingen gegenüberstände. Ich hatte mich von meinem Erstaunen noch nicht er-holt und fragte wo man das Papier hernehmen wolle für eine so ungeheure Auflage. Lächelnd erwiderte man mir, Papier wäre in unbegrenzter Menge zur Verfügung. Ich übernahm die Mission, um das Schlimmste zu verhindern und habe die Sache so ge-schrieben, dass ich meine Überzeugung nicht ver-leugnete und den ursprünglichen Auftrag im Prin-zip sabotierte. Das blieb natürlich nicht unentdeckt und meine Auftraggeber hatten an dem Werk keine Freude. Dies war dann auch der Grund, weshalb nach einem halben Jahre der erwähnte Legationsrat ziemlich in Rage nach Starnberg kam, um mich zu ersuchen, ich möchte die Arbeit an dem begonnenen Roman sofort abbrechen. Eine Stunde vor diesem Besuch war ich bereits telegraphisch aufgefordert worden, die schriftlichen Beilagen, die man mir in Berlin ausgehändigt hatte, unverzüglich zurückzu-schicken. Ich tat es, nicht ohne vorher eine Kopie an-zufertigen. Die ausführlichen Richtlinien, die ich im-mer noch in Händen halte, gehen darauf hinaus, die Freimaurerei — vor allem die französische und ita-lienische, aber auch die übrige — habe den Krieg vorbereitet, angefacht und ausgebreitet, Italien dem Dreibund abspenstig gemacht, den Friedensschluss verhindert, jeden Sonderfrieden gewaltsam unter-drückt, sie sei überhaupt die Trägerin des Krieges.

Man übertrug die mir entzogene Arbeit dann Dr. Wichtl in Wien. Ich denke, der wird sich der Aufgabe in seiner ihm eigenen maßlosen Gehässigkeit, Willkür und Rückständigkeit entledigt haben.«

Siebenundneunzigstens:
Die Erhebung des Geistes und des Gemüts.
Meyrink beeindruckt mich mehr und mehr. Einen Autor, der auf eine Romanveröffentlichung mit einer Auflage von einer halben Million verzichtet, findet man sicher kein zweites Mal so leicht. Er hat auf seiner Suche viele Stationen durchlaufen, vom Einweihungswinkel in Prag über einen Illuminaten-Orden, der Mitgliedschaft in der Theosophischen Gesellschaft (der auch!), der »Bruderschaft der alten Riten vom heiligen Gral im großen Orient von Patmos« und einer mystischen Gesellschaft christlich-rosenkreuzerischer Ausrichtung. Nun hat er seine Heimat wohl im Mahayana-Buddhismus gefunden. Er wies mich mehrfach darauf hin, dies waren sein Weg und sein Ziel, doch jeder muss seinen eigenen Weg und sein eigenes Ziel finden. Und ich solle vor lauter Suche nach Erleuchtung meine Ophelia nicht vergessen, die viel konkreter sei, als seine Romanfigur gleichen Namens.

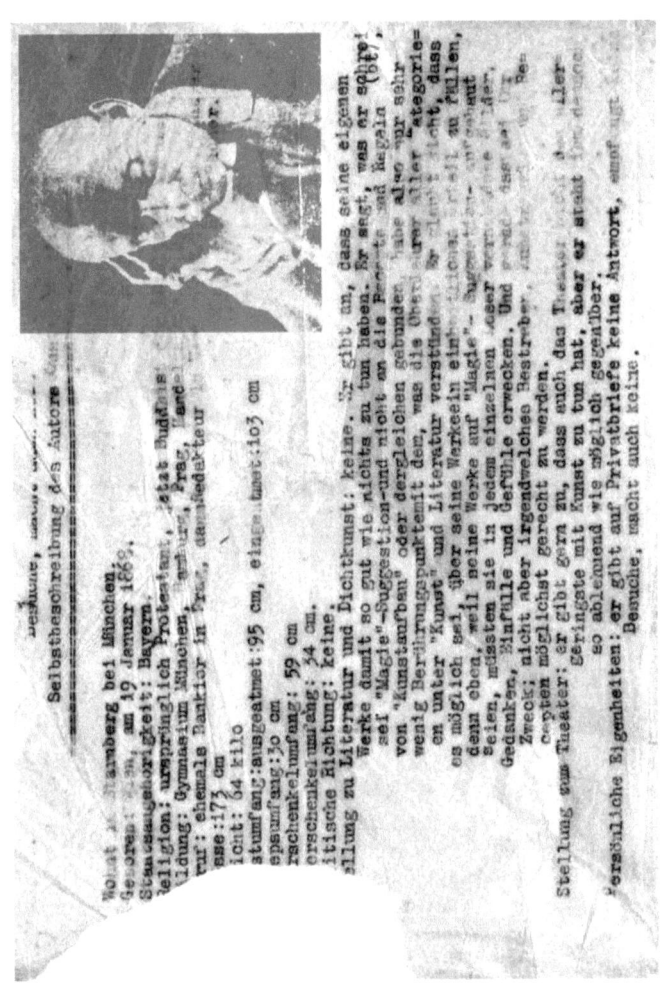

Gustav Meyrink:
*Satirische „Selbstbeschreibung des Autors"*
*In ihr schreibt er u.a. „Einstellung zu Literatur und*
*Dichtkunst: keine."*

Achtundneunzigstens:
Quo vadis – wohin des Wegs?
Nach drei intensiven Tagen Rückkehr nach München. Eilte gleich vom Bahnhof zur Wohnung von Theodor Reuß, wo ich aber nur eine ältliche Haushälterin antraf. Der »Herr Philosoph« sei in der Schweiz, wo er zuerst den Monte Verità und dann einen Freimaurer-Kongress in Zürich besuchen wolle, der am 17. Juli beginne. Ich überlegte, ob ich zuerst zu Alfred Kubin in Wernstein am Inn oder zum Wahrheitsberg fahren sollte. Nachdem Kubin bekanntermaßen sehr sesshaft ist, entschied ich mich für die Verfolgung von Reuß, der trotz seines Alters von 75 Jahren immer noch kreuz und quer durch die Welt reist.

Neunundneunzigstens:
Locarno am Lago Maggiore.
Nach meiner Ankunft quartierte ich mich im Hotel Alexandra ein. Wunderschöner Jugendstilbau, ganz nach meinem Geschmack. Sehr höfliches Personal, das Zimmer riecht angenehm.

*Hotel Alexandra, Locarno*

Einhundertstens:
Notizen für meinen Roman.
Die Ruhe tut mir gut. Die vielfältigen Eindrücke ordnen sich wie von selbst in meinem Kopf und mein »ewiger Magier« nimmt Gestalt an. Nicht der Roman, sondern die Figur. Er formt sich aus all den Wahrheits- und Lichtsuchern, denen ich begegnete.

Einhunderterstens:
Zaudern & Zögern.
Irgendetwas hemmt mich, zum Monte Verità zu gehen. Es ist eine Angst, dass sich das bisher Gewonnene vielleicht auflösen könnte, wenn ich hinaufgehe auf diesen Berg, auf dem so viele die Wahrheit suchen.

Einhundertzweitens:
Hinauf auf den Monte Verità.
Bevor mir Reuß am Ende noch nach Zürich entwischt, gab ich mir einen Ruck. Beim Frühstück lernte ich einen Hotelgast mit Automobil kennen, einen gewissen Otto Hasselt, der ebenfalls zum Monte Verità will. Er bot mir an mich in seinem Fahrzeug mitzunehmen. Mein Chauffeur war Immobilienhändler und prüft die Perspektiven für die weitere Besiedlung dieser Gegend. Am Fuß des Berges parkten wir und gingen zuerst gemeinsam hinauf, bis er an einem Wegweiser »Roccolo«, was Vogelfängerturm bedeutet, abzweigte. Er meinte, von dort aus könne er sich vielleicht einen guten Überblick verschaffen.

So schleppte ich mich mit meinem Koffer allein weiter zum einstmaligen Zentrum der Sehnsüchtigen, Weltverbesserer, Naturisten, Frauenrechtlerinnen, Vegetarier, Sonnenanbeter, Polytheisten, Theosophen, Pazifisten, Anarchisten, Barfußgeher, Asketen, Künstler aller Couleur und Visionäre. Unterwegs passierte ich sichtlich verlassene Behausungen. Wer oder was war noch da? Die Spannung in mir wuchs mit jedem Schritt, mein Herz klopfte bis zum Hals und das kam nicht nur von der Anstrengung.

Einhundertdrittens:
Angekommen im Umbruch.
Kam ziemlich erschöpft vor dem Haupthaus an. Die Tür war verschlossen und es war keine Menschenseele zu sehen. Plötzlich tauchte eine bizarre Gestalt in Schwarz vor mir auf. Sie war geflügelt und aus dem Schädel wuchs so etwas wie eine riesige, halb eingerollte Zunge. Vom verhüllten Gesicht waren nur die blitzenden Augen zu sehen. »Ich bin der Schwarze Paragraph, Fremder. Nenn mir ein Gesetz, das etwas erlaubt!«, herrschte mich das Wesen an. Da mir nicht gleich etwas Passendes einfiel, wurde die Aufforderung wiederholt, nur lauter und noch bestimmter: »Nenn mir ein Gesetz, das etwas erlaubt, Fremder!« In einer spontanen Eingebung antwortete ich: »Do what thou wilt shall be the whole of the Law.« Ein helles Lachen signalisierte mir, dass ich die Prüfung bestanden hatte.

Einhundertviertens:

Die Verwalterin der Reste.

Meine rätselhafte Paragraphen-Sphinx stellte sich als Lilo Brast vor, ihr Künstlername als Schauspiel-Tänzerin. Ihr eigentlicher Name Lieselotte Bratenstein klang ihr zu profan.

Ich war ihre erste Testperson für ihr neues Ein-Frau-Tanz-Schauspiel »Der schwarze Paragraph«. Sie sagte, ich sei zu einem ungünstigen Zeitpunkt auf den Monte gekommen, quasi als verspäteter Gast nach dem Begräbnis. Das Naturheilsanatorium war im Januar geschlossen worden, die Oedenkovens und Ida Hofmann sind nach Spanien gezogen. Fast alle seien in den letzten Jahren gegangen, einige verunglückt oder gar tot wie die Fanny zu Reventlow, die vom Fahrrad gestürzt war und nun drüben in Locarno begraben liegt. Andere hat der Krieg hinweggenommen und manche wurden ermordet, wie der Gustav Landauer. Auch seien etliche in Nervenheilanstalten gelandet und der Tod hat sich auch hier seinen natürlichen Anteil geholt. Zurzeit sei es allerdings wieder lebendiger, weil der Rudolf von Laban mit seinem Harem, wie man in Ascona und Locarno seine Tanzgruppe nennt, ein neues Stück erarbeiten will. Sie sind gerade in Ascona zum Einkaufen. Seit zwei Tagen logiert auch Hermann Hesse wieder in einer Felsenhöhle, wie schon früher mit Gusto Gräser, wo sie wie zwei indische Yogis gehaust haben. Ja, und dann sei da noch drüben in der Casa Selma der Reuß, dieser Hochstapler und Aasgeier, der alles hier ruiniert hat. Und sie selbst natürlich, die Lilo, die sowieso nicht wusste, wo sie bleiben soll und die man gegen ein kleines Salär zur Aufseherin bestellt hat.

Einhundertfünftens:
Einblicke in Interna.
Lilo erinnert mich an einen Beo: Ganz in Schwarz, tiefgründige Augen und von unendlicher Geschwätzigkeit. Aber dadurch erfuhr ich, dass Oedenkoven wohl Theodor Reuß als Verwalter eingesetzt hatte und der wiederum ließ einen Großteil der Einnahmen aus dem Sanatorium direkt in seinen Ordo Templi Orientis fließen. Daran sei die Einrichtung letztendlich eingegangen und Ida Hofmann sei vor lauter Geldsorgen immer kränker geworden, weshalb sie jetzt wegen dem gesünderen Klima in Spanien leben muss, wo man versucht, ein neues vegetarisches Zentrum aufzubauen und wenn es dort nicht klappt, dann eben in Brasilien. Überhaupt sei der Vegetarismus an allem schuld! Schon der Erich Mühsam hat gesagt, dass die Grasfresser und Verdauungsphilister den Monte Verità kaputtmachen und ist runter nach Ascona, ein Beefsteak essen und Rotwein trinken. Deshalb gibt es heute Abend Fleischsuppe. Mein süßer, kleiner Beo ist wahrhaft ein sprudelnder Quell von Informationen.

Einhundertsechstens:
Quartiernahme auf dem Wahrheitsberg.
Ich bezog ein kleines Zimmer, das wohl ursprünglich fürs Personal gedacht war. Weder Reuß, noch Laban und sein Harem ließen sich blicken und Hesse lagert einsam weiter oben in seiner Eremitenhöhle. Ich lege im Moment auch überhaupt keinen Wert auf weitere Menschen, sie würden mich zugegebenermaßen sogar stören. Nach der abendlichen Fleischsuppe genoss ich auf der Terrasse den wunderbaren Blick auf den Lago Maggiore und Lilo. Sie erzählte mir von der Frühzeit der Kolonie, den Träumen und Sehnsüchten, von den gescheiterten und den verwirklichten. Und wie man hier herausfand, dass die Beziehungen von Mann und Frau auch anders sein können, freier, sozusagen …

Einhundertsiebtens:
Ein neuer Tag.
Gemeinsames Aufwachen mit Frühstück ist schön. Ich schätze Hesses Bücher sehr und hier bietet sich die Gelegenheit, dem Meister zu begegnen. Zumindest wollte ich einen Blick auf ihn erhaschen und fragte Lilo nach dem Weg.

Einhundertachtens:
Begegnung auf dem Berg.
Der Weg zur Höhle war nicht weit und bald sah ich Hesse, der im Schneidersitz vor dem Eingang saß. Ich wollte seine Meditation nicht stören und wagte trotz der Entfernung kaum laut zu atmen.

Hermann Hesse

61

Kurz bevor ich zufrieden mit dem Gesehenen zum Haupthaus zurückkehren wollte, bewegte sich der Meister, stand auf, dehnte und streckte sich. Ich rief mutig geworden: »Mancher wird niemals Mensch, bleibt Frosch, bleibt Eidechse, bleibt Ameise. Mancher ist oben Mensch und unten Fisch. Aber jeder ist ein Wurf der Natur nach dem Menschen hin.« Hesse hielt inne, blickte in meine Richtung und antwortete: »Der Vogel kämpft sich aus dem Ei. Das Ei ist die Welt. Wer geboren werden will, muss eine Welt zerstören.« Und nach einer kurzen Pause fügte er hinzu: »Kommen Sie herüber, lieber Leser des Demian, und seien Sie willkommen!«

Einhundertneuntens:
In mir.
Beseelt und inspiriert kehrte ich in mein kleines Zimmer zurück. Nicht einmal Lilos Reize konnten mich des Nachmittags verführen, meine Notizen zu unterbrechen. Wie im Rausch beschrieb ich Seite um Seite meines Notizbuchs, Skizzen um sie fortzudenken.

*Theodor Reuß*

Einhundertzehntens:

Beim Großmeister von nahezu allem.

Bevor er mir entwischen konnte, bat ich Theodor Reuß um eine Audienz. Er empfing mich im Casa Selma, einer komfortablen Luftlichthütte, wo er seinen Vortrag für den Züricher Freimaurer-Kongress ausarbeitete. Er ist sehr charismatisch und ich kann verstehen, dass ihm Menschen vertrauen. Was mir aber nicht erklärt, warum trotz seines hohen Alters junge Frauen mit ihm das Bett teilen wollen. In verblüffender Offenheit sagte er, dass ich sicher schon von seinen Schandtaten gehört habe. Doch das störe ihn nicht im Mindesten, er diene nur der Sache. Und dann sprudelte es aus ihm: »Ich bin ein alter Kämpe in allen mystischen, okkulten, magischen, spirituellen Organisationen und Orden. Ich will den Fortschritt in diesem Bereich und da muss man manchmal unkonventionelle Wege gehen, damit am Ende das Licht leuchtet! Sie sind ein wahrhaft Suchender, das spüre ich. Lassen Sie sich in Prag in eine Freimaurerloge aufnehmen, die drei blauen Grade Lehrling, Geselle und Meister sind die Basis für alles Weitere. Jeder große westliche Weisheitslehrer hat so angefangen. Aber halten Sie sich fern von den Theosophen! Nehmen Sie zuhause Kontakt zu Alfons Mucha auf. Der ist zwar kein Wahrheits-Wolf wie Crowley und ich, eher ein Erkenntnis-Hamster, aber ein feiner, anständiger Mensch. Leider ist er wenig geschäftstüchtig, weshalb er immer noch Plakate malen und Briefmarken entwerfen muss. Aber ein guter Mann! Und nehmen Sie Kontakt zu

Aleister Crowley auf! Der macht gerade den nächsten großen Schritt für die spirituelle Entwicklung der Menschheit. Seine Abtei Thelema bei Cefalù auf Sizilien bringt die Sexualmagie auf eine ganz neue Stufe. Ein wahres 'Collegium ad spiritum sanctum', genau richtig für einen jungen Mann von Saft und Kraft wie Sie. Notieren Sie sich die Adresse!
Schreiben Sie über ihrem Brief das Codewort 'Baphomet', sonst wandert er gleich in den Abort.«
Mit diesen Worten war ich entlassen.


Einhundertelftens:
Das Karussell im Kopf.
Zurück in meinem Zimmer warf ich mich aufs Bett. Mir schwirrte der Kopf von all den Namen von Menschen und Organisationen. Ich frage mich, ob die Wege zur Erkenntnis oder gar zum Licht absichtlich so labyrinthisch angelegt sind, um die Suchenden zu prüfen oder wollen die Wissenden im Prinzip unter sich bleiben?
Lilo lockte mich mittags mit einer Pasta und einer Überraschung.


Einhundertzwölftens:
Die Tanzgruppe.
Die Überraschung war eine Probe von Labans neuer Choreographie auf dem Tanzplatz. Ich freute mich nach dem doch etwas einschüchternden Gespräch mit Reuß auf eine ganz andere Welt. Und wie anders! Laban war begeistert, dass ein junger Mann anwesend war und bat mich, als »maskuliner

Katalysator« mitzuwirken. Meinen Einwand, dass ich nicht einmal Walzer tanzen könne, wischte er mit einer abfälligen Handbewegung ins Blau des Himmels. »Ihre reine männliche Präsenz wird die Damen befeuern!«. Dann zogen sich alle aus.

Ich genierte mich, doch Lilo und zwei Tänzerinnen verwandelten mich in Handumdrehen in einen Adam. Das Wogen um mich, die streifenden Berührungen, die festen, zupackenden Hände, der Anblick der Körper in all ihren Verrenkungen des modernen Tanzes, all das ließ mich nicht unberührt. Ich bekam eine Erektion. Als ich sie mit meinen Händen verbergen wollte, rief Laban: »Die Damen sehen Ihre Erregung nicht als Affront, sondern als Kompliment. Hände weg und weiter so!«

Einhundertdreizehntens:
Zurück zu zweit.
Mit Lilo wieder im Haupthaus war mir die Angelegenheit immer noch peinlich. Ich wagte kaum, sie anzusehen. Doch sie streichelte meine Hand und lobte meinen Auftritt, meine im Wortsinn »herausragende Rolle«. Erst durch mich habe das »Weiber-Gehopse« Pfiff und Würze bekommen.

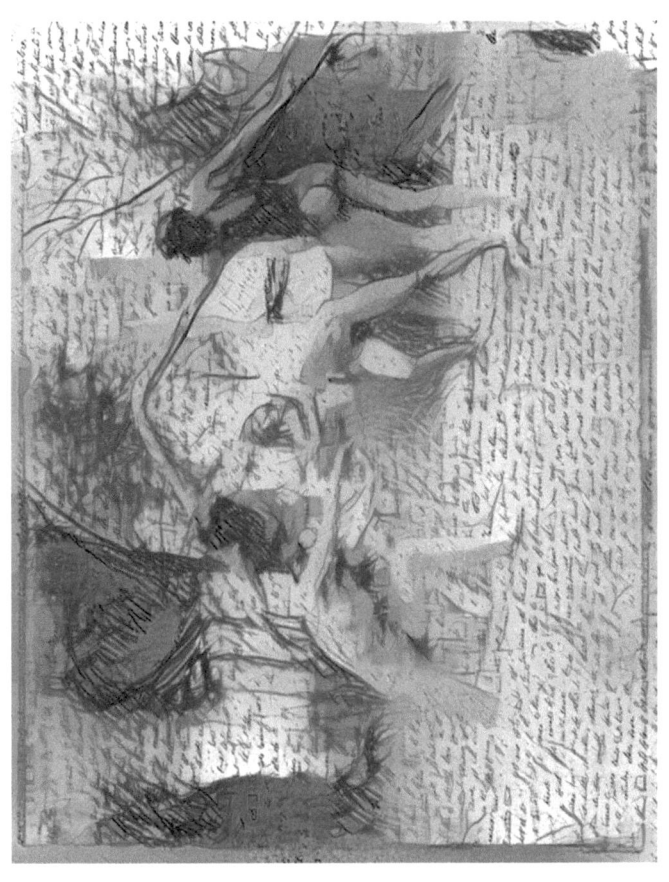

*Nackttänzerinnen auf dem Monte Verità*

Einhundertvierzehntens:
Gehen oder bleiben?
Zwei Herzen schlagen in meiner Brust. Besser aus-
gedrückt ist es der Streit zwischen der Zerebral-Re-
gion und der Genital-Region.
Mein Hirn sagt, fahr zu Kubin, mein Unterleib erwi-
dert: keine Eile! Hatte ich nicht selbst festgestellt,
dass der Kubin quasi eine Immobilie ist, festgesetzt
in seinem Schlösschen am Inn? Der kann warten.
Wobei er ja nicht einmal weiß, dass ich zu ihm kommen will.


Einhundertfünfzehntens:
Denken, schreiben, tanzen.
Habe das erste Kapitel meines »ewigen Magiers«
konzipiert. Will im alten Prag kurz vor dem Dreißigjährigen Krieg beginnen und ihn dann bis in meine
Gegenwart wandern lassen. Oder auch in die Zukunft? Lilo ist sehr lieb und überhaupt nicht eifer-
süchtig, wenn es nach den Tanzproben des »Ha-
rems« noch privat mit anderen wird.


Einhundertsechzehntens:
Widerspruch von Postulat und Praxis.
Interessant, dass die sexuelle Befreiung aller oft an
der eigenen Reviergrenze endet. Laban hat mit mir
unter vier Augen gesprochen. Er sei ja wirklich total
für die freie Liebe und finde es gut, dass ich mich
auch um die Damen kümmere. Mit Sechsen sei sogar
er überfordert. Aber er habe da so seine Favoritin-
nen in der Gruppe und das möge ich doch bitte

respektieren. Es ginge da gar nicht um Eifersucht, sondern darum, die neue Produktion nicht durch unnötige Spannungen zu gefährden. Tja, da werde ich der Kunst dienen und die beiden besagten Tänzerinnen nicht weiter in ihrer Konzentration stören.

Einhundertsiebzehntens:
Fühle mich krank.

Husten und ein wenig fiebrig. Lilo begleitete mich zu Dr. Raphael Friedeberg, einen Lungenarzt, der am Fuß des Monte ein Tagwerk Land gekauft und urbar gemacht hat. Ein sehr konsequenter, wahrhaftiger Mensch und einer der Wenigen, den die ursprüngliche Faszination des Berges wohl niemals loslässt. Sohn eines Rabbiners, Berliner SPD-Stadtrat, Arzt, Anarchist und Revolutionär, so einer konnte nur auf dem Wahrheitsberg landen. Und bleiben. Lilo riet mir zu sagen, dass ich auch Anarchist sei, dann würde er mich vielleicht kostenlos behandeln. Und so kam es auch. Ein liebenswürdiger, freundlicher Mann, dem man die Freude anmerkte, wieder einmal mit Gleichgesinnten zu reden. Mit Stolz erwähnte er, dass Graf Kropotkin, der größte russische Anarchist seit Bakunin, in Bälde eintreffen würde, um sich von ihm behandeln zu lassen. Er freue sich, dass das Interesse am Syndikalismus auch bei jungen Menschen wie mir weiter bestehe. Sorgfältig hörte er meine Lunge und mein Herz ab und ließ mich Fieber messen, 37,7°. Diagnose: Nichts Ernstes, nur eine leichte Bronchitis. Therapie: Salbeitee, Eukalyptuspastillen und in nächster Zeit keine Nacktaufenthalte im Freien.

*Raphael Friedeberg (links) und Erich Mühsam (rechts) beim Baden am Wasserfall auf dem Monte Verità*

Einhundertachtzehntens:
Wegkreuzungen aller Orten.
Bleiben oder gehen, ist immer noch die Frage. Aber das ist nur die Oberfläche des Seins, quasi die Raum-Koordinaten meines Körpers. Zweifel nagen an und in mir. Kann sich der Mensch wirklich nur in irgend-welchen Vereinen und Klubs, Orden und Logen weiterentwickeln? Bedarf es dazu einer exklusiven Gemeinschaft im Halbdunkel? Vielleicht wurzelt dies in der archaischen Erinnerung an die Wahr-heitssucher in den Höhlen der Vorzeit? Vielleicht gibt es nur wenige Menschen wie Gusto Gräser und Hermann Hesse, die allein oder zu zweien den Weg finden können. Ist mir der Weg des Eremiten be-stimmt? Oder der des Schülers, der an einer Weg-kreuzung dem ihm bestimmten Lehrer begegnet? O-der ist es doch die Gruppe, der große Wagen, der mich mitnimmt?

Einhundertneunzehntens:
Abschiede vom Berg.
Es ist beschlossen: Ich verlasse den Monte Verità. Von Reuß brauche ich mich nicht zu verabschieden, da ist alles gesagt. Laban wird auch ohne Lebewohl erleichtert sein und für seinen »Harem« war ich si-cher nicht mehr als eine sommerliche Brise, die den Körper kurz und angenehm berührt (hoffentlich). Lilo noch einmal fest umarmt, sie war mir die ganze Zeit hier so nah und doch stets ein Stück weit fremd. Unsere Begegnung war wie die Konjunktion zweier Planeten, jeder allein für sich und doch für kurze

Zeit gemeinsam strahlend. Für mich wird sie über all das hinaus, was zwischen uns war immer die personifizierte Gastfreundschaft bleiben, mein geliebter Beo.

Einhundertzwanzigstens:
Worte im Kopf.
Auf meinem Fußweg zum Bahnhof ging mir ständig eine Aussage von Hermann Hesse durch den Kopf: »Wir erlebten im Krieg den sichtbaren Zusammenbruch, die verzweifelte Explosion eines europäischen Geistes- und Seelenzustandes, und wir erlebten den Zusammenbruch nicht bloß als ein Erschüttertsein von all dem Mord und all der Not, sondern als Aufruf an das eigene Gewissen. Nicht die Welt anzuklagen, nicht Forderungen nach außen aufzustellen, sondern mit der Änderung im eigenen Herzen zu beginnen.«

Einhunderteinundzwanzigstens:
Im Zug.
Unterwegs in der Bahn nach Wernstein am Inn. Lese endlich Kubins Roman »Die andere Seite« von 1909. Eigentlich sollte er damals Illustrationen für Meyrinks »Golem« machen, aber der schrieb so langsam, dass Kubin während der Wartezeit seinen eigenen mystischen Roman verfasste. Ab und zu blicke ich aus dem Fenster und vergleiche meine Aussicht mit der von Kubins Protagonisten auf dessen Fahrt ins Traumreich. Jeder hat wohl seine eigene Art von Unwirklichkeit.

Einhundertzweiundzwanzigstens:
Beim Meister der vielen Striche.
Kubins Wohnsitz ist ein Chamäleon. Schloss Zwickledt narrt beim Näherkommen die Fremden. Zuerst
erscheint es als Kirchlein mit kleinem Glockenturm,
dann als Landkloster oder klotziger Bauernhof und
wenn man direkt davor steht, verrät es sich doch als
etwas Herrschaftliches. Nachdem ich auf unsere ge-
legentlichen Begegnungen beim »Loisitschek« in
Prag hingewiesen hatte, empfing mich der Hausherr
mit freundlicher Herzlichkeit. Ich gestand, dass ich
seinen Roman erst auf der Zugfahrt hierher gelesen
hatte, aber dafür sei er jetzt noch ganz frisch in meinem Kopf und ich sehr beeindruckt von der Imagi-
nation und den apokalyptischen Visionen des
Werks. Kubin wiegelte ab und sagte, dass es ihm am
heutigen Tag überhaupt nicht dunkel sei und lud
mich ein, für ein paar Tage zu bleiben.

*Schloss Zwickledt: Wohnsitz, Atelier und Ausstellungs-räume von Alfred Kubin.*

Einhundertdreiundzwanzigstens:
Klatsch und Tratsch.
Erzählte, dass ich direkt vom Monte Verità komme und vorher bei Fritz von Herzmanovsky-Orlando war. Der Berg interessierte ihn weniger, umso mehr aber die neuesten Nachrichten von seinem Freund Fritz. Habe die Venus-Inszenierung mit Helga Kund angedeutet. Kubin lachte nur und sagte, dass sein Freund schon immer eine Vorliebe für sehr mädchenhafte Frauen pflegte. Von der Heirat mit Carmen hatte er ihm abgeraten. Er hielt sie schon seit zehn Jahren für eine Hochstaplerin, die seinen Fritz in immer absurdere Gefilde lockt. Wer glaubt, dass Meran in Wirklichkeit in Tibet liege und Wien die Grenzlinie zwischen Ceylon und Island sei, habe wohl nicht alle Tassen im Schrank. »Das würde nicht einmal den fiktiven wahnsinnigen Bewohnern meines Traumlandes einfallen.«

Einhundertvierundzwanzigstens:
Hades und zurück.
Ich versenke mich seit zwei Tagen in Kubins schwarze Strichwelten. Er erscheint mir mehr und mehr als Bote der Unterwelt, behaust in Dantes Höllenkreisen, einer, der hier nur Urlaub macht. Einer, der schon mehr als einmal das Inferno der Apokalypse überlebt hat, seine Erinnerungen daran auf Papier festhält und mit unendlicher Sicherheit weiß, dass die Welt wieder und wieder untergehen wird. Wie kann man mit solch einem Wissen leben?

*Alfred Kubin*

Einhundertfünfundzwanzigstens:
Eine Art Gretchen-Frage.
Habe Kubin unverblümt gefragt, was er von Juden halte. Ich erzählte von meinem unsäglichen Rauswurf durch seinen Freund Herzmanovsky-Orlando in Meran. Er sagte tröstend: Grämen Sie sich nicht, junger Mann. Der Fritz war schon immer ein Narr. Deshalb passt es auch so gut, dass er an einem Roman über einen österreichischen Hofzwerg arbeitet. Seine ganze Staffage, sein ganzes Personal, ist nichts als ein Haufen lächerlicher Figuren. Im Krieg schrieb mir der Fritz, er hege allen Ernstes die Ansicht, dass nur die Deutschen »Menschen« sind, alles andere sei eine Menagerie, angefangen von täuschenden Kopien zum Beispiel den Engländern bis zu den dümmsten, plumpsten Fälschungen wie den Russen. Gut, es war mitten im Krieg, aber das ist schon arg. Mir ist es egal, was einer wie glaubt oder nicht. Jeder Mensch hat ein lumpiges Ich und dahinter ein edles Ich und dahinter ein kriminelles Ich und dahinter ein heiliges Ich und dahinter spielt es keine Rolle mehr, auf welche Weise sich der Mensch irrt.

Einhundertsechsundzwanzigstens:
Heimwärts …
Über Nürnberg nach Prag. Vollgepackt mit Eindrücken und Gefühlen, die sich bereits in Erinnerungen verwandeln. Die letzten Wochen haben mich verändert und dennoch spüre ich den Leopold in mir stärker als je zuvor. Ich freue mich auf die Heimkehr, die Arbeit an meinem Roman und auf alle, die mir

begegnen werden. Aber eigentlich möchte ich nun erst einmal eine Zeit lang nur für mich sein.

Einhundertsiebenundzwanzigstens:
In der Welt der Worte.
Nach all den Aktivitäten »im Außen« tut es gut, in ruhigeren Gewässern zu segeln. Wobei »segeln« viel zu viel Bewegung beinhaltet, es ist mehr wie ein Dümpeln in einem behäbigen, breiten Kahn, ein fast bewegungsloses Verharren auf einem stillen Teich. Nur ab und zu suchen mich Besucher heim, sie sind mir willkommen wie Stechmücken.

Einhundertsiebenundzwanzigstenseinhalb:
Der Roman ist begonnen.
Habe endlich den Anfang meines Magier-Romans geschrieben. Abschrift ist hier beigefügt.

Der ewige Magier
Kapitel I – Prag
Es begab sich am Bartholomäus-Tag auf der Steinernen Brücke im Jahre des Herrn 1606. Arkanto, der Magier, war auf dem Weg in den Stadtteil unterhalb des Hradschins, den man »die kleine Seite« nannte, als er Zeuge eines Streits wurde. Ein Bettler beschimpfte einen jungen Edelmann: »Ihr solltet schon den Hauch des Fegefeuers spüren, elender Geizhals! Wie wollt Ihr je das Himmelreich ernten, wenn Ihr so geizig und verstockt seid? Bedenkt, nur durch gute Taten öffnen sich die himmlischen Pforten! Knauserer wie Ihr pflastern den Weg gleich hinterm Höllentor!«

»Lass mich in Frieden, Alter. Wie soll ich frei von Herzen geben, wenn Du mich bedrohst wie ein Straßenräuber?«, erwiderte der Gescholtene. Es war Albrecht Wenzel Eusebius von Waldstein, böhmisch Albrecht Václav Eusebius z Valdštejna, den man Wallenstein nannte. Der gerade einmal 22jährige hatte schon einen Feldzug gegen die Ungarn hinter sich, war aber nun arbeitsloser Obrist und denkbar schlechter Laune. Auf sein Bitten an Kaiser Rudolf um eine angemessene Stellung hielt er nur ein Empfehlungsschreiben als Söldnerführer für den Statthalter der spanischen Niederlande in Händen und ein paar Münzen Reisegeld, das kaum bis ans Ziel reichen würde. In dieser üblen Situation trafen ihn die Vorwürfe des Bettlers dreifach hart. Als der Alte nach seinem Wams griff, packte ihn Wallenstein an der Gurgel und rief: »Du willst mir helfen, ins Himmelreich zu kommen? Wie wäre es, wenn ich Dir diesen Gefallen erweise? Noch ein Ton, und Du kannst Dich direkt beim Schöpfer über mich beklagen!«
Mit diesen Worten warf er den Bettler zu Boden. Doch der gab nicht nach und keifte weiter: »Ich verfluche Dich, Du Mörder! Du hast gerade dem Teufel ein Messlicht angezündet. Dein Weg auf Erden soll getränkt sein von Blut. Die Menschen werden Deinen Namen mit Satan gleichsetzen. Deine Taten stinken nach Schwefel und Dein Lohn ist ein schändlicher Tod.«
Wallenstein stürzte sich auf den Alten und wollte ihn für immer zum Schweigen bringen. Da packte ihn Arkanto an der Schulter und zog ihn sanft, aber bestimmt von seinem Opfer weg. »Haltet ein, junger Edelmann! Versündigt Euch

nicht an diesem Schwachkopf. Zerstört nicht Euer Leben und Eure Karriere, bevor alles richtig begann. Kommt mit mir, wir wollen einen Becher trinken und über Angenehmeres reden.«

Einhundertachtundzwanzigstens:
Jenseits der Schatten?
Will in meinem Roman die dunklen Seiten der Menschen beleuchten. Ich denke, würde man die dunklen Seiten aller Menschen zusammennehmen, würde die dunkle Seite des Mondes nicht ausreichen, ihnen allen ein Exil zu geben. Möchte in meinem Roman auch mit den Möglichkeiten spielen, wie es bei einer anderen Entscheidung hätte anders verlaufen können. Die Freiheit des Willens versus Würfel des Schicksals.

Einhundertneunundzwanzigstens:
Immer wieder die Brücke.
War in den letzten Tagen zigmal auf der Steinernen Brücke. Habe vor meinem inneren Auge wieder und wieder die Begegnung Wallensteins mit dem Bettler inszeniert, bis ich das Geschehen ganz deutlich sah. Alles hätte auch anders sein können und ich schrieb eine Variation für meinen Roman.

Der ewige Magier
Kapitel I – Prag – Variation

… Wallenstein stürzte sich auf den Alten und erwürgte ihn. Bevor einer der Schaulustigen etwas unternehmen konnte, packte er das Bündel, das einst ein Mensch gewesen, hob es hoch und warf es über das Brückengeländer in die Moldau. Ein Schrei ging durch zwei Dutzend Kehlen und Rufe nach der Stadtwache wurden laut. Die hatten es nicht weit von ihrem Posten am Brückenturm an der Kleinseite. Schnell ergriffen sie den jungen Obristen und brachten ihn zum Untersuchungsrichter. Wallenstein berief sich auf seine guten Kontakte zum Kaiser und warf seine Verdienste im Krieg gegen die Ungarn in die Waagschale, allein, es nutzte ihm nichts. In den Niederlanden sollte er Söldner sein, beschied ihm der Richter, nicht hier in Prag auf der Brücke. Weil er einen Bettler, also einen fast heiligen Mann, ermordet hatte, dessen Schicksal bereits einige brave Katholiken nach Rom gemeldet hatten mit der Bitte um Heiligsprechung, habe Wallenstein alles verspielt. Die Ehre durch das Richtschwert zu sterben sei verwirkt, ihm bliebe nur der verdiente Tod am Galgen. Bis dahin steckte man ihn in eine Zelle. Als letzte Gnade gestattet man ihm noch ein Gesuch an den Kaiser, doch der hüllte sich in Schweigen. Nach der dem jungen Edelmann für die Antwort zugestandenen Galgenfrist führten der Scharfrichter und einige bewaffnete Knechte den Obristen Albrecht Wenzel Eusebius von Waldstein, böhmisch Albrecht Václav Eusebius z Valdštejna, genannt Wallenstein, am Tag nach Mariä Geburt zum Richtplatz.

Einhundertdreißigstens:
Die Änderung der Geschichte.
Hätte mein Magier Arkanto nicht eingegriffen, wäre die Geschichte anders verlaufen. Sicher wäre ein Krieg gekommen, doch einen Feldherrn Wallenstein hätte es nicht gegeben. Hätte dieser Krieg dann auch 30 Jahre gedauert? Oder wäre ohne einen Wallenstein der Sieg schon bald auf Seite der Lutherischen, der Schwedischen gewesen? Verführerisch, dies auszuspinnen. Doch ich will die Begegnung von Arkanto und Wallenstein weiter erzählen …

Der ewige Magier
Kapitel I – Fortsetzung
Arkanto führte Wallenstein zu einem windschiefen dreistöckigen Haus an der Grenze zum Judenviertel. Durch seine Lage gehörte es weder dahin, noch dorthin und führte ein Schattendasein in der Neutralität, was nichts anderes bedeutete, als dass es kaum jemand bewusst wahrnahm. In einer düsteren Stube gleich beim Eingang bot der Magier seinem Gast einen Becher Wein an. Nach einer Weile des gegenseitigen Taxierens sagte Arkanto: »Der junge Herr hat sich von Kepler seine Konfiguration der Sterne erfragt.«
»Woher wisst Ihr das?«, fragte der Obrist.
»Solche Dinge sprechen sich in gewissen Kreisen schnell herum. Auf dieser Seite des Flusses weiß ein jeder, der mit solchen Künsten vertraut ist, wer wen besucht«, antwortete der Magier geheimnisvoll.

»So seid Ihr auch ein Sterndeuter? Aber in mir werdet Ihr keinen Kunden finden, der Kepler hat's schon gerichtet und ich hab' ihn dafür entlohnt.«

»Die Wirkkraft der Sterne ist mir durchaus vertraut, doch betreibe ich selbst keine Vermessungen des Himmels und überlass das Berechnen der Trigone anderen. Nein, mein Geschäft bezieht sich auf die Dinge und Ereignisse hiernieden. Es geht bei mir um den magischen Einfluss auf Irdisches.«

»Ein Magier? Ei der Daus! Das klingt mir doch sehr bocksfüßig und krummhörnig. Will er mich behexen?« Wallenstein rückte entsetzt vom Tisch ab.

»Nein, junger Edelmann, ich habe Euch vor einer Torheit bewahrt. Hättet Ihr den Bettler erschlagen, wär' es, als hättet Ihr Euch selbst erdolcht. Ganz im Gegenteil möchte ich Euch einen Handel anbieten.«

»Ich wüsste nicht, dass ich etwas besitze mit dem sich ein Handel lohnt. Außer meinem Schwertarm und meinem strategischen Verstand. Doch wie ein Kriegsherr seht Ihr, mit Verlaub, nicht aus.«

»Nein, kein Geschäft, das im Zeichen des Mars steht, Herr von Wallenstein. Das Zeichen der Venus ist gefragt.«

»Seid Ihr von Sinnen mir solch ein Angebot zu machen? Ein Solcher bin ich nicht! Wenn meine Rettung vor dem Galgen dafür war, dann will ich gerne freiwillig hängen«, empörte sich der Obrist.

»Gemach, junger Mann! Euer Blut ist so in Wallung, dass Ihr grundsätzlich alles falsch versteht und zu heftig reagiert. Bevor Ihr versucht mich zu erschlagen, sag ich Euch, dass es um eine edle Dame geht. Sehr edel – und sehr reich.«

»Da habe ich mich wohl vorhin verhört. Ich verstand, Euer Geschäft sei die Magie und nun sagt Ihr, dass Ihr Kuppler seid«, lachte Wallenstein.

»Schön, dass Ihr Euren Humor wiedergefunden habt. Wär in diesem Spiel nicht Magie von Nöten, dann hätte man mich nicht hinzugezogen. Bevor Ihr Euch weiter empört, bleibt ruhig, unterbrecht mich nicht dauernd und hört meinen Plan …«

Einhunderteinunddreißigstens:
Vetter Franz meckert.
Habe Franz die ersten Seiten meines Romans zum Lesen gegeben. Alles viel zu realistisch, sein Kommentar. Zu vordergründig, zu historisch und ohne innere Qualen. Ich stehe zu meinem Werk! Auch wenn ich ein wenig gekränkt bin.

Einhundertzweiunddreißigstens:
Grübeln …
Vielleicht sollte ich doch die inneren Konflikte meiner Akteure beschreiben. Aber haben sie überhaupt welche? Ich sehe keine Zweifel weit und breit. Mein Magier weiß, was er will und für Wallenstein geht es ums nackte Überleben. Wer hat da Zeit und Muße für und Lust auf innere Zerrissenheit? Soll der Franz weiter seine kaputten Figuren mit Buchstaben quälen, ich erzähle meine Geschichte!

Der ewige Magier
Kapitel I – Fortsetzung

Einige Tage nach Wallensteins Abreise aus Prag bekam Arkanto erneut Besuch. Der Fremde kam ihm bekannt vor, doch konnte er mit seinem Gesicht keine Erinnerungen verbinden. Der Geist des Magiers tastete nach dem Besucher, doch er spürte nichts – keine Ausstrahlung, keine Aura, keine Sympathie, keine Antipathie, nicht einmal einen Körpergeruch konnte er wahrnehmen.

»Willkommen, wer immer Ihr seid!«, sagte er am Ende seiner Musterung.

Der Fremde lachte leise. War da eine gewisse Bitterkeit? Oder war es eine diskrete Form von Spott?

»Wir werden uns lange kennen«, erwiderte der Fremde und Arkanto stutzte.

»Sollte es nicht heißen, wir kennen uns schon lange? Nur dass ich mich nicht erinnern kann.«

»Nein, die Zukunftsform entspricht den Tatsachen. Dies ist unsere erste Begegnung, aber sicher nicht die letzte.«

»Ihr sprecht in Rätseln. Seid Ihr etwa der, dessen Verträge man gemeinhin mit seinem eigenen Blut unterschreiben muss?«

»Beruhigt Euch! Ja, auch ich bin ein Geschöpf Gottes, denn auch der Abtrünnige, der Gestürzte ist von IHM, weil alles von IHM ist, gelungen oder misslungen. Ich bin der, den er von allen Wesen am grausamsten bestraft. Ich bin Ahasver, der ewige Jude, verdammt bis zum Jüngsten Tag auf Erden zu wandeln.«

Arkanto schwieg ob dieser Offenbarung.

Sicher, er kannte diese Legende und für eine solche hatte er sie bis soeben auch angesehen: Eine obskure Geschichte, die von Kreuzrittern und Morgenlandfahrern aus dem Orient mitgebracht worden war. Ahasver, ein Verdammter, der seit der Kreuzigung Christi auf der Erde wandelte und nicht sterben konnte, nicht sterben durfte. Der Magier wandte sich seinem Besucher zu: »Ihr seht mich überrascht, dass Ihr ausgerechnet mich besucht. Ich denke, Euer Hiersein dient nicht nur zum Zeitvertreib in einem langen Leben. Wie kann ich Euch dienen?«

»Ihr kennt die Umstände meines Nicht-Todes?«

»Oh ja, und das in einigen Variationen. Die häufigste ist wohl, dass Christus auf dem Weg nach Golgatha vor Eurem Haus rasten wollte. Ihr aber habt ihn mit Fäusten vertrieben, woraufhin er zu Euch sprach: *Ich gehe, aber du musst warten, bis ich wiederkomme.*«

»Ja, so war es wohl. Ich bereute bitterlich. Ich erkannte das erschreckende Ausmaß meiner Unmenschlichkeit. Machte mir Tag für Tag Vorwürfe. Dann ließ ich mich aus tiefster Überzeugung taufen. Doch es half nichts, ich fand keine Gnade, keine Vergebung.« Der ewige Jude seufzte nicht, er jammerte nicht, er klagte nicht an. Nur seine Augen waren von unendlicher Traurigkeit.

»Ich fühle mich geehrt, einen solch prominenten Gast in meiner armseligen Behausung empfangen zu dürfen. Kann ich Euch etwas anbieten? Einen Becher Wein vielleicht. Oder habt Ihr Hunger?«

»Nein danke. Mein Privileg des ewigen Lebens ist ergänzt durch Mangel an Hunger und Durst.

Das Vergnügen dieser Genüsse wurde mir genommen.«

»Bedauerlich. Doch bitt ich Euch, zur Sache zu kommen: Was ist der Grund Eures Besuchs?«

»Ich will nicht wie die Katze um den heißen Brei schleichen: Vor kurzem habe ich entdeckt, dass ich das Talent habe, einen Teil meiner, wie soll ich sagen, besonderen Fähigkeit, weitergeben zu können.«

Arkanto zuckte zusammen. Er spürte wie sich etwas Unheimliches in seinem kleinen Zimmer ausbreitete. Wie schwarze Schwaden zog es in seine Gedanken und er kämpfte um die Klarheit seines Geistes. »Was weitergeben? Wie meint Ihr das?«

»Nun, ob es die Unsterblichkeit bis zum Jüngsten Tag ist kann ich nicht sagen, denn dieser Termin ist ja niemandem bekannt. Aber lebensverlängernd ist meine Gabe auf jeden Fall. Ich hab's ausprobiert.«

»Wie …?« Der Magier war verwirrt.

»Nun, mein Hund, der treue Argos, er begleitet mich schon zweihundert Jahre.«

»Ihr glaubt, das sei genug Beweis? Ein alter Hund? Seid Ihr toll?«

»Beruhigt Euch. Es war ein Scherz. Die Gabe wurde mir offenbart. Als Trost, als kleiner Hoffnungsschimmer, dass selbst einer wie ich etwas bewirken kann.«

»Ewiges Leben also?«, fragte Arkanto.

»Nicht ganz. Nicht so wie es die Christenmenschen gemeinhin verstehen. Da geht es ja um das Leben nach dem Tod, nach der Auferstehung. Quasi nach dem Freispruch vor dem Jüngsten Gericht fängt die Sache erst richtig an

88

mit dem ewigen Leben. Oder der ewigen Verdammnis in der Hölle. Ihr müsstet schon mit dem Leben hier auf Erden vorlieb nehmen. Einem höchstwahrscheinlich sehr langem Leben.« Ahasver sah dem Magier direkt in die Augen.

»Ist solch ein Leben ein Segen oder ein Fluch?«, fragte Arkanto leise.

»Es ist Segen und Fluch wie jedes Leben, egal ob lang oder kurz«, antwortete der ewige Jude.

Einhundertdreiunddreißigstens:
Attacken des Alltags.

Profanes bricht über mich herein und verstellt mir den Blick auf mein Werk. Rechnungen, Arztbesuche (der Husten wieder!), der Einzug eines neuen Mieters über mir. Ein lauter Mensch, der geräuschvoll durch seine Wohnung hinkt und dabei pfeift. Oft poltert er des Nachts ziemlich laut. Keine Ahnung, wer das ist und was er macht. Bin neugierig.

Einhundertvierunddreißigstens:
Herr X.

Der geheimnisvolle Kerl über mir bekommt zwei Mal täglich Post. Möchte wissen, mit wem der korrespondiert. Vielleicht ist er ein Spitzel für die Österreicher oder die Deutschen. Oder er spioniert für einen Spekulanten die Hausbewohner aus. Was auch immer, dieser Mensch macht mich nervös und stört meine Konzentration. Wie soll man da vor lauter Vermutungen und Verdächtigungen schreiben können?

Einhundertfünfunddreißigstens:
Sorgen um Vetter Franz.
Franz ist im Sanatorium Matliary in der Hohen
Tatra. Man hat ihn bei vollem Gehalt bis zu einem
Jahr beurlaubt, weitere zwei oder drei Jahre eventu-
ell ohne Gehalt. Besonders streng sind die Ärzte dort
wohl nicht. Ich habe von Max Brod gehört, dass
Franz nach eigenem Rezept nackt im Sonnenschein
auf der Wiese liegt. Vielleicht sollte er es auf dem
Monte Verità versuchen?

Einhundertsechsunddreißigstens:
Der Obermieter.
Endlich bin ich ihm auf der Stiege begegnet. Der
Mensch, der über mir logiert ist Jaroslav Hašek, der
Autor des »Braven Soldaten Schwejk«. Ich kenne ihn
flüchtig aus dem »Loisitschek«. Er hat mich für
heute Abend zu sich nach oben eingeladen.

*Jaroslav Hašek*

Einhundertsiebenunddreißigstens:
Beim Vater des Schwejk.
Selten erblickte ich solch ein Chaos! Die Wohnung
ist überfüllt, besser übermüllt mit Stapeln von Bü-
chern, Manuskripten, Tierpräparaten, leeren Flaschen, vollen Flaschen, Briefen, Notizen, Fotografien, Schachteln und Aktenordnern. Etwas verlegen
räumte Hašek mir einen Platz auf einem verschlisse-
nen Kanapee frei und bot mir Wodka an, natürlich
aus der Flasche. Höflichkeitshalber nahm ich einen
Schluck. »Ich brauche das alles zur Inspiration«, erklärte er und nahm seinerseits einen tiefen Zug aus
der Pulle.

Einhundertachtunddreißigstens:
Zwei Flaschen später.
Wie mein Cousin Franz leidet auch Hašek an Tuberkulose. Doch er hat sich gegen das Sanatorium und
für den Schnaps entschieden. Es war einer der lehr-
reichsten Abende meines Lebens, denn ich erfuhr
viel über das Dasein eines Schriftstellers. Eine gewisse Zeit hatte er sogar eine feste Anstellung als Re-
dakteur der Zeitschrift »Die Welt der Tiere« gehabt.
Aber der Chef schikanierte ihn und die Bezahlung
war mies. So schrieb der gute Jaroslav Geschichten
über von ihm selbst erfundene Tiere wie ständig be-
soffenen Papageien oder slowakische Werwölfe, so
lange, bis er den Ruf der Zeitschrift ruiniert hatte
und rausflog. Auch die gleichzeitige Ehe mit einer
Böhmin und einer Russin brachte ihm nicht das er-
sehnte Glück. Derzeit schreibt er wieder an neuen

Schwejk-Geschichten, die bringen wenigstens sicheres Geld. Deshalb auch die ständige Korrespondenz und die häufige Post. Doch nun hat er auf die Prager Schriftsteller-Kollegen und selbst auf seine wundervoll anarchisch-satirische »Partei des maßvollen Fortschritts im Rahmen der bestehenden Gesetze« keine Lust mehr. Obwohl sie auf einem guten Weg waren mit ihren Forderungen nach der Wiedereinführung der Sklaverei und der Verstaatlichung der Hausmeister, wie Hašek betonte. »Und wir haben jedem unserer Wähler ein Taschenaquarium versprochen.« Dabei bekam er einen Minuten langen Lachanfall, der in einen schrecklichen Husten überging. Bevor wir endgültig ins Absurde abglitten, fragte ich ihn nach seinen Zukunftsplänen. Das ständige Lächeln verschwand aus seinem Gesicht und er sagte: »Ganz ernsthaft: Ich halte es in Prag nicht mehr länger aus. Ich gehe in die Provinz. Das Poltern und Pfeifen über Dir wird bald aufhören, mein Freund. Ich habe schon den Pachtvertrag für die Landkneipe »Zur tschechischen Krone« in Lipnitz an der Sasau unterschrieben. Wenn ich mich da zu Tode saufe, kassiere ich wenigstens selbst das Geld.«

Einhundertneununddreißigstens:
Über mir die Stille.
War zwei Tage bei meiner Mutter. Sie behandelte mich wieder wie einen kleinen Jungen und ich bin verstimmt abgereist. Zuhause habe ich den ganzen Tag von oben nichts gehört. Also bin ich hinauf, die Tür stand offen. Ich hatte Angst, dass Jaroslav Hašek

seinen letzten Schluck gemacht hatte. Vorsichtig betrat ich die Wohnung: Sie war leer. Bis auf einen Wandschrank und dem Kanapee war alles weg. Ich hoffe, er findet in seiner Kneipe in Lipnitz den Trost, den er so sehr braucht. Ich möchte noch so viel von ihm lesen ...

Einhundertvierzigstens:
Im »Loisitschek«.
Ich wollte es einfach wissen, wer noch da ist. Wer noch nicht die Reise angetreten hat ins Sanatorium, in den letzten Rausch, ins Ausland, ins Glück, ins Jenseits. Die Revue lief ab, als wäre nichts geschehen – laut, schrill und viel nackte Haut. Die Herren erfreuten sich, die Mädels verdienten etwas, manchmal sogar mehr und die Kartler am hinteren Tisch spielten wie immer. Die gleichen Gesichter, die gleichen Bewegungen wie schon vor dem Krieg und im Krieg und nach dem Krieg. Vielleicht waren es auch einfach nur Automaten, die Kartenspieler imitierten. Vielleicht waren auch die Tänzerinnen nur Maschinen zur Lusterregung des männlichen Publikums. Aber dann sah ich den Schweiß auf der Haut und die Gier im Blick und erkannte die Wirklichkeit des Fleisches.

Einhunderteinundvierzigstens:
Fluchtgedanken.
Bin in melancholischer Stimmung. Prag scheint alle krank zu machen. Und wer nicht Tuberkulose hat,

ist entweder pleite oder unglücklich verliebt. Vielleicht sollte ich wieder auf Reisen gehen?

Einhundertzweiundvierzigstens:
Brief nach Sizilien.

*BAPHOMET*
*Prag, den 26. Mai 1921*
*Verehrter Meister Aleister Crowley!*
*Seit Jahren verfolge ich Ihre Schriften und Theodor Reuß, den ich auf dem Monte Verità traf, empfahl mir Kontakt zu Ihnen aufzunehmen. Ich bin Schriftsteller und ein schon lange Suchender. Gar vielen begegnete ich auf meinem Weg zu Erkenntnis und Erleuchtung. Der erlauchte Großmeister Reuß ist der Ansicht, dass ich bereit wäre für den nächsten Schritt. So bitte ich Sie, verehrter Meister, mir Zutritt zur Abtei Thelema zu gewähren. Ich sitze sozusagen auf gepackten Koffern und warte auf Ihr Plazet.*
*In freudiger Erwartung Ihrer Antwort*
*Ihr ergebener Leopold Branntwein, Adept*

Einhundertdreiundvierzigstens:
Warten und Ungeduld.
Bereits zwei Wochen sind seit meinem Brief an Crowley vergangen, keine Antwort. Ist es eine Prüfung? Will man mich nicht? Kann mich auf nichts mehr konzentrieren. Lauere dem Briefträger auf, der bei jeder Begegnung zusammenzuckt, als hätte er Angst vor mir. Hält er die Antwort aus Sizilien zurück? Arbeitet der Kerl für die Zensur?

Oder wurde der Brief entwendet? Habe meinen Briefkasten mit einem Schloss gesichert.

Einhundertvierundvierzigstens:
Literarische Erfolge.
Hurra! Mehrere Kurzgeschichten von mir wurden in verschiedenen Zeitschriften und Magazinen abgedruckt. Meine Geschichte über einen Dampf betriebenen Golem kam hervorragend an und erhielt begeisterte Leserzuschriften. Das motiviert!

Einhundertfünfundvierzigstens:
Kontakt zur Freimaurerloge.
Alphonse Mucha hat auf meine Anfrage reagiert und mich in seine Prager Wohnung zu einem unverbindlichen Gespräch eingeladen. Bezog mich vorsichtig auf Reuß und erzählte Meyrinks Anekdote zum Buchauftrag gegen die Freimaurerei. Mucha hatte noch nicht davon gehört und fand die Geschichte sehr aufschlussreich. In Prag gibt es verschiedene Logen: Eine deutschsprachige, die wohl von der Bayreuther Großloge »Zur Sonne« gegründet worden war, eine andere, die ihr Patent und die Erlaubnis zur Arbeit vom »Grand Orient de France« bekommen hat und eine tschechisch-sprachige Loge, die wieder zu einer anderen Großloge gehört. Mucha deutete an, dass alle drei Logen an dem großen Bau des Tempels der Humanität arbeiten, aber eigentlich lieber jede für sich.

*Alfons Mucha*

Einhundertsechsundvierzigstens:
Gerüchte um Crowley.
Gestern im »Loisitschek« in eine Gruppe esoterisch
Interessierter geraten. Einiges bezüglich des englischen "Groß-Magiers" aufgeschnappt. Es heißt, er
sei hochgradig heroinsüchtig, von drei Gran am Tag
war die Rede. Deshalb sei er gerade auf Entzie-
hungskur in Frankreich, was das Schweigen auf
meinen Brief erklären würde. Von einer Polizei-Raz-
zia in der Abtei Thelema nach einer Schlägerei erzählte man und davon, dass alle ein magisches Tagebuch führen, das sie Crowley zur Kontrolle vorle-
gen müssen. Man berichtete von perversen sexual-
magischen Ritualen, bei der nackte Frauen und Zie-
genböcke eine Rolle spielen und vom Tod eines
Adepten. Ein gewisser Raoul Loveday soll nach einem Ritual gestorben sein, bei dem er das Blut einer
geopferten Katze getrunken hatte. Daraufhin hat
sich dessen Witwe Betty May an die britische Presse
gewandt und Crowley verklagt. Auch aus diesem
Grund sei der berühmte Schwarzmagier derzeit
wohl nicht erreichbar.


Einhundertsiebenundvierzigstens:
Ein Tag der Leere.
Der ganze Alkohol war nutzlos, bin ernüchtert. Ku-
bin hatte mich gewarnt: »Ein alter Tempelspruch:
Auf Blut steht Wahnsinn.«
Das ist wohl die Strafe, für das Blutvergießen im Na-
men des Lichts. Die Opfer sind dann immer die an-
deren, die Gläubigen, nie die Priester. Dabei ist es

nur der Schein der Heiligkeit, die Scheinheiligkeit, die auf diese spirituellen Goldmacher fällt. Menschen, die töten, um sich angeblich selbst weiterzuentwickeln, gehören in die Irrenanstalt. Ich bin maßlos enttäuscht! Dieses ganze heilige Getue, diese magischen Gesten, diese spirituelle Arroganz, diese geistige Anmaßung. Und wenn man mit einem dieser so genannten Erleuchteten spricht, hat er nichts Besseres zu tun, als seine Konkurrenten zu verdunkeln. Statt den Menschen Licht zu geben, verbreiten sie Schatten um Schatten. Ihr Leuchten ist so minimal, dass sie die Finsternis brauchen, um überhaupt wahrgenommen zu werden. Jeder Laternenanzünder bringt mehr Licht in die Welt als diese selbst ernannten Meister. Sizilien ist für mich als Reiseziel gestrichen.

Einhundertachtundvierzigstens:
Besuch bei Frau von Slomsky.
Sie hat mich nur eingeladen, um mich zu quälen: Sie gab die Verlobung ihrer Tochter Ophelia mit Graf Heinrich August zu Stolberg-Schwarza bekannt. Die Hochzeit wolle man in wenigen Wochen in Meiningen zelebrieren. Frau von Slomsky betonte, wie ungeheuer beruhigt sie sei, ihr zartes Töchterlein nun in solch schützenden Händen zu wissen. Dabei versäumte sie es nicht, mich mit einem strafenden Blick zu bedenken. Ich prostete Madame mit meinem Sektglas zu und verließ eine fröhliche Weise pfeifend den Empfang.

Einhundertneunundvierzigstens:
Die Enttäuschung.
Mein Freund Marek, der mir den Kontakt zu einem
Verleger versprach, hat mich hintergangen. Er, dem
ich so sehr vertraute. Es fällt mir schwer damit um-
zugehen und es geht mir körperlich schlecht. Zumindest habe ich es geschafft, mich literarisch abzu-
reagieren. So machen die langen, düsteren Gespräche mit Vetter Franz doch einen Sinn:

Der ewige Magier
Kapitel II – Wien 1683
Die Türken belagerten Wien nun schon seit acht
Wochen. Jeder wusste, dass sie Minenstollen unter die Stadtmauern trieben und Arkanto war es,
als würde auch in seinem Privatleben eine Bela-
gerung stattfinden. Seine Situation spitzte sich
mehr und mehr zu, er spürte das Zittern der Erde
zu seinen Füßen, die Erschütterungen seiner eigenen kleinen Welt und das Beben der Welt
dort draußen. Und dann explodierte alles. Die
Türken vor den Toren der Stadt zählten nicht
mehr, jetzt, da er sie verloren hatte, sie, die Ge-
fährtin seines Lebens werden sollte. Ausgerechnet an einen Menschen, der mit ihm gemeinsam durch dick und dünn gegangen war.
Durch den Verrat des Freundes breitete sich Bitterkeit in Arkantos Herzen aus und der Schmerz
öffnete die Pforte zu den dunklen Gefilden seines Geistes. Er rief die uralten Götter an und
sprach die Worte des finalen Fluchs: »Mögest Du
mit tausend Wunden im salzigen Meer treiben
und ausgespien werden an die Gestade der
Pein.

100

Mögen Dich die Zerfetzer verfolgen ein ganzes Jahr, stets drei Schritte hinter Dir bei Tag und bei Nacht. Mögen sie dann Deiner habhaft werden und aus Deinen Knochen ein beinernes Schlagwerk machen und Deine Sehnen aufspannen auf die Leier des Schmerzes anzustimmen ihr grausames Lied. Möge jede Faser Deines Fleisches Dein Bewusstsein tragen, auf dass es spüre wie es vom Löwen gefressen wird und erbrochen, auf dass es die Schakale verschlingen und ausscheiden als Kot, der Würmer Fraß. Mögen dann Deine nichtswürdigen Reste zu Staub zerquetscht werden, der zu den Wolken aufsteigt und Dein Blut und Deine Tränen niederregen auf die Erde zu künden von Deiner Schande. Möge es im Namen der Großen Alten so sein!«

Einhundertfünfzigstens:
Schwejk ist tot.
Jaroslav Hašek ist in seinem Wirtshaus in Lipnitz gestorben. Die Leber hat den Wettlauf gegen die Lunge gewonnen und ist als erste durchs Ziel. Wo immer er jetzt sein mag, sein Humor wird diesen Ort bereichern. Kann einem eigentlich im Jenseits das Lachen in der Kehle stecken bleiben?

Einhunderteinundfünfzigstens:
Aufnahme in die Freimaurerloge.
Bin immer noch in einer Art Zwischenzustand. Es ist
mehr Spüren als Begreifen, mehr Ahnen als Erkennen. Es war beeindruckend – von der Einsamkeit in
der dunklen Kammer bis zur Erteilung des Lichts.
Bin zu überwältigt, um mehr zu schreiben.

Einhundertzweiundfünfzigstens:
Logenbruder Leopold.
Ich habe Schweigen gelobt und werde mein Gelübde
halten und nichts über meine Aufnahme berichten.
Nur ein klein wenig schreiben, hier, in meinen ganz
privaten Aufzeichnungen. Es war eine spannende
Reise mit verbundenen Augen von der »Kammer
der verlorenen Schritte« durch die Dunkelheit ins
Licht. Geführt von starker Hand, begleitet von ein-
dringlichen Worten, die mein Innerstes berührten.
Welch ein Augenblick im Wortsinn! Welch ein Gefühl, in der Bruderkette zu stehen. Ich spürte, wie
mir die Herzen entgegenschlugen, wie willkommen
ich war.

Einhundertdreiundfünfzigstens:
Bei mir, in mir.
Das kleine Büchlein, das man mir bei meiner Aufnahme in die Loge gab, erklärt die Vorgänge, die ich
durch meine Augenbinde nicht hatte wahrnehmen
können. Aber auch mit sehenden Augen gibt es so
Vieles, was ich noch nicht erkennen kann.

Einhundertvierundfünfzigstens:
Die umstrittene Geburt.
Eine Tänzerin aus dem »Loisitschek«, die Dora, hat eingeladen, ihrer baldigen Niederkunft in eben dieser Lokalität beizuwohnen. Ihr Kind solle dort zur Welt kommen, wo sie es empfangen hat. Die Ordnungsmacht versucht diese »Sondervorstellung« der Dora zu verhindern und droht, sie wegen Erregung öffentlichen Ärgernisses einzusperren. »Soll sie doch ihren Wechselbalg allein in einer Zelle in die Welt werfen«, sagte der Amtmann. Die Tänzerin hält dem entgegen, die Zeugung sei ein öffentlicher Akt gewesen und so sei es nur konsequent, allen Beteiligten die Chance zu geben, auch das Finale gemeinsam zu erleben. Außerdem könne sich bei dieser Gelegenheit einer freiwillig als Vater melden.


Einhundertfünfundfünfzigstens:
Galoppierende Inflation.
In Deutschland und Österreich wird das Geld von Tag zu Tag weniger wert. Alles bricht zusammen. Bin froh, dass wir unsere eigene tschechische Krone haben. Alles stabil!


Einhundertsechsundfünfzigstens:
Onkel Pavels Baum.
War heute draußen vor der Stadt bei Onkel Pavels Haus an der Moldau. Bei meiner Verlobung mit Klara anlässlich meiner Einschulung hatte er zu mir gesagt:

»Hab heute einen Baum für Dich gepflanzt, Kleiner. Mögest Du lange genug leben, dass man Dich anständig daran aufknüpfen kann.«

Einhundertsiebenundfünfzigstens:
Der Garten der Erinnerung.
Onkel Pavels Garten stürzte mich in den Strudel der Erinnerung. Ich war ganz überschwemmt von Hoffnungen und jeder Baum und jeder Strauch erzählte mir einen anderen Traum. Vielleicht sollte ich mich hierher zurückziehen?

Einhundertachtundfünfzigstens:
Die Schreibstube.
Fragte Onkel Pavels Sohn und Erben, meinen Vetter Lemmel, ob er für mich ein Zimmerchen übrig habe, in das ich mich zum Schreiben zurückziehen könnte. In meinem Mietshaus ist es in letzter Zeit gar arg laut geworden. Womit der Bursche sein Geld verdient, ist mir nicht klar, die Äpfel aus dem Garten rund um meinen »Galgenbaum« bringen sicher nicht genug Ertrag. Er ist ziemlich freundlich und mir scheint, dass er sein Herz eingerichtet hat wie eine Vier-Kammer-Biedermeier-Wohnung. Aber vorsichtig! Auch von hier führen Adern in die Tiefe, in die Sphären des Triebes und in die Sphären der Kloake. Doch was kümmert es mich?
Er hat zugesagt!

Einhundertneunundfünfzigstens:
Die Rückkehr zu meinem Roman.
Die neue Umgebung im Apfelbaumgarten beflügelt mich! Bin mit großem Elan an der Arbeit meines »ewigen Magiers«.

Der ewige Magier
Kapitel IV – Paris 1759
Ein halbes Jahrhundert war es nun her, seit sich Ahasver, der ewige Jude und Arkanto, der ewige Magier zuletzt begegnet waren. Letzterer nannte sich derzeit Graf von Saint Germain und es war ihm gelungen, Zutritt zu den Empfängen von Madame de Pompadour zu erhalten und durch sie wiederum Zugang zu König Ludwig XV. Auf den Matinees, Soirees und Soupers tummelte sich ein buntes Volk von Adeligen, Alchimisten, Goldmachern, Künstlern, Karrieristen und Menschen, die interessante Geschichten zu erzählen hatten. Einer von ihnen war zweifelsfrei Giacomo Casanova, der das Publikum mit der Erzählung seiner kürzlichen Flucht aus den Bleikammern von Venedig unterhielt.
Doch zurück zum Wiedersehen mit dem ewigen Juden. Die beiden Unsterblichen flanierten wie Dutzende andere im Park des Louvre. »Was führt Euch nach Paris, Ahasver? Wenn ich mich recht erinnere, meidet Ihr doch die Metropolen und große Menschenansammlungen.«
»Nun, auch in meinem Alter hat man noch gewisse Laster, und meines ist die Neugier. Es geht ein Gerücht um, dass sich Lilith am Hofe des französischen Königs aufhalte.«
»Lilith? Der Name sagt mir nichts.«

»Der Legende nach war Lilith die erste Frau Adams, noch vor Eva. Doch sie war mit ihrem Leben unzufrieden und irgendwie kam sie in den Besitz des geheimen Namen Gottes. Mit dessen Hilfe gewann sie zauberische Kräfte und entfloh dem Paradies. Da sie aber nicht wie Adam und Eva aus Eden vertrieben worden war, traf sie der Fluch der Sterblichkeit nicht. Somit ist Lilith das älteste noch existierende Wesen in Menschengestalt.«

»Eine interessante Geschichte, alter Freund. Doch was sollte ein solch dämonisches Ding am französischen Königshof? Politik wird seine Sache wohl nicht sein«, fragte Arkanto.

»Lilith ist das urweibliche Prinzip. Ihr Sinnen und Trachten ist es, Männer zu umgarnen. Sie will ihnen dienen und sie will sie beherrschen, das ist ihr Lebenselixier. Und wo könnte sie solches mehr schlürfen als bei einem König?«

»Ihr meint …!«, der Magier wagte nicht, seinen Satz zu vollenden.

»Genau, sie meine ich: Madame de Pompadour.«

»Die Madame!«, rief Arkanto.

»Ruhig!«, zischte Ahasver. »Ihr lenkt die Aufmerksamkeit auf uns. Ereifert Euch nicht und hört mir zu.«

»Aber das kann nicht sein. Madame kränkelt. Ich habe sie selbst mehrfach gesehen. Sie scheint nicht gesund zu sein.«

»Wer seit dem sechsten Schöpfungstag auf Erden wandelt, mein Freund, der weiß sich zu tarnen. Lilith beherrscht das Spiel des Mimikry und der Verwandlung wie kein zweites Wesen auf der Welt. Es gibt deutliche Hinweise, dass sie hier als Madame auftritt. Doch mir fehlt der letzte Beweis und ich bitte Euch, ihn mir zu liefern.«

»Ich? Wie sollte mir das gelingen?«

»Ihr könnt mit ihr sprechen, mir selbst ist der Zugang zu ihr verwehrt. Es gibt eine Möglichkeit, ihre wahre Identität herauszufinden. Ich begegnete Lilith schon einige Mal im Lauf meiner Wanderung und manches Mal waren wir uns auch sehr nah.«

»Ihr ward ein Paar!«, unterbrach Arkanto den ewigen Juden.

»Wenn Ihr es so nennen mögt, ja. Nun, es gibt einen Code zwischen ihr und mir. Ich bitte Euch, bei nächster Gelegenheit zu Madame zu sagen: Der Läufer ist immer noch nicht müde und ich bin sein Bote.«

»Und dann ...?«

»Sie wird Euch sagen, was dann geschehen soll.«


Einhundertsechzigstens:
Ein Brief von Vetter Franz.

»Das Schreiben erhält mich, aber ist es nicht richtiger zu sagen, dass es diese Art Leben erhält? Damit meine ich natürlich nicht, dass mein Leben besser ist, wenn ich nicht schreibe. Vielmehr ist es dann viel schlimmer und gänzlich unerträglich und muss mit dem Irrsinn enden. Aber wie ist es mit dem Schriftstellersein selbst? Das Schreiben ist ein süßer wunderbarer Lohn, aber wofür? In der Nacht war es mir mit der Deutlichkeit kindlichen Anschauungsunterrichtes klar, dass es der Lohn für Teufelsdienst ist. Dieses Hinabgehen zu den dunklen Mächten, diese

Entfesselung von Natur aus gebundener Geister, fragwürdige Umarmungen und was alles noch unten vor sich gehen mag, von dem man oben nichts mehr weiß, wenn man im Sonnenlicht Geschichten schreibt. Vielleicht gibt es auch anderes Schreiben, ich kenne nur dieses, in der Nacht, wenn mich die Angst nicht schlafen lässt, kenne ich nur dieses.«

Einhunderteinundsechzigstens:
Berichte von Vater.
Eigentlich hatte ich keinen Vater. Zumindest bin ich ihm nie begegnet. Vielleicht auf der Straße, aber woran hätte ich ihn erkennen sollen? Oder er mich? Nun hat mir Lemmel von ihm erzählt. Er hat ihn zwar auch nicht getroffen, aber sein Vater, mein Onkel Pavel, hat ihm von meinem Vater erzählt. Meine Mutter machte das nie. Wenn er vielleicht auch nicht gestorben war, sie hat ihn totgeschwiegen. Egal, was Lemmel über ihn erzählt, es bewegt mich. Ein Phantom bekommt einen Namen und eine Geschichte: Raphael Branntwein aus Kynžvart.

Einhundertzweiundsechzigstens:
Lemmels Erzählungen.
Mein Vetter ist ein begnadeter Erzähler. Er entfaltet mit Worten ganze Welten und ich vermute, dass er heimlich schreibt, auch wenn er diese Unterstellung weit von sich weist. Gestern hörte ich von ihm die Geschichte meines Großvaters Mosche Branntwein, der aus Galizien nach Kynžvart, auf Deutsch Königswart, gekommen war und hier am Schloss von

Fürst Metternich als Esel- und Maultierpfleger gearbeitet hat. Schön soll seine Frau Sarah gewesen sein, sehr schön, und man munkelte unter allen Dienstboten, dass die beiden Söhne Raphael und Pavel von höherer Abstammung waren.

Einhundertdreiundsechzigstens:
Aus Vaters Kindheit.
Im Gegensatz zu Großvater Mosche, der fast Analphabet war, entwickelten sich die Brüder Raphael und Pavel zu regelrechten Leseratten. Der Kustos der fürstlichen Sammlungen, ein Nachfahre von Karl Huß, dem letzten Scharfrichter von Eger, hatte die beiden quasi bildungsmäßig adoptiert. So lebten die Brüder in jeder freien Stunde im Schloss zwischen der Bibliothek, die den Nachlass von Alexandre Dumas samt dem makabren Abguss seiner toten Schreibhand und dem sie haltenden Händchen einer von Fürst Metternichs Töchtern beherbergte, und dem Kuriositätenkabinett mit einem Sarkophag eines Priesters aus Theben aus der 18. Dynastie. Besonders die Mumien von jungen Krokodilen hatten es den Brüdern angetan. Folgerichtig entwickelten sich die beiden zu Sonderlingen.

Einhundertvierundsechzigstens:
Warum ist er gegangen?
Erst am dritten oder vierten Abend am »Lagerfeuer der Vergangenheit« stellte ich Lemmel die Frage, die mir von der ersten Minute an auf der Zunge brannte: Warum hat mein Vater mich verlassen? Der Vetter

beruhigte mich, dass es nicht meine Schuld sei. Der Lebenstraum meines Vaters war es, Einbalsamierer zu werden und die perfekte Mumie zu schaffen. Deshalb ging er wohl nach Ägypten, um dieses Handwerk zu lernen. Leider hat niemand jemals wieder von ihm gehört, nicht einmal eine Ansichtskarte kam, obwohl doch Onkel Pavel Briefmarken sammelte.

Einhundertfünfundsechzigstens:
Ein ganz anderer Abend.
Heute waren nicht Raphael und Pavel das Thema, sondern Rachel und Esther. Zwei sehr rege, anregende Freundinnen von Lemmel. In manchen Nächten singen die Sterne.

Einhundertsechsundsechzigstens:
Die Befreiung.
Die letzten Tage auf dem Pfad meiner Vorfahren haben mich befreit. Viel Last ist von mir gefallen, viele böse Fantasien erwiesen sich als Hirngespinste. Mein Vater war mir nie so nah wie in diesen Tagen. Und ich folge nun weiter der Spur meines ewigen Magiers durch die Zeiten.

Der ewige Magier
Kapitel IV – Franken 1774
Ende Mai erreichte Graf de Saint Germain das fränkische Triesdorf. Der Markgraf Alexander von Brandenburg-Ansbach und Bayreuth hatte ihn auf sein dortiges »Weißes Schloss« eingeladen, um mit ihm gemeinsam alchimistische

Experimente zu unternehmen. Allerdings strebte der Fürst nicht nach Gold, sondern wollte neue Farben für seine Porzellanmanufaktur entwickeln, die sich beim Dekorbrand nicht in Asche verwandelten. Am Hof weilte auch die französische Schauspielerin Claire Clairon, eine Freundin Voltaires, Kämpferin für die Rechte der Mimen und der Frauen. Für den Markgrafen war sie wohl Mätresse, Inspiration und Ratgeberin zugleich. Saint Germain musste unwillkürlich an Madame de Pompadour denken. Vielleicht gab es gar nicht die eine Lilith, sondern deren viele, die sich über die ganze Welt verteilen und so ihren Einfluss geltend machen?

Das Labor des Fürsten war gut ausgestattet an Geräten und Essenzen und der Magier verbrachte viele Stunden dort. Das Kobaltblau, das die markgräfliche Manufaktur verwendete, war akzeptabel, ebenso ein kräftiges Braun. Der Graf verfeinerte noch ein Rezept für einen schönen Grünton, der vor allem für Landschaftsdekore in Anwendung kommen sollte:

*Mennige 1 Pfund, Kupferhammerschlag 1 Pfund, Kieselsteine 5 Pfund. Man macht drei gleiche Teile daraus und setzt gleichviel Salpeter hinzu, bringt die Mischung in einen Schmelztiegel, schmelzt sie über starkem Feuer, lässt sie erkalten, stößt sie und reibt sie auf einem Reibestein ab.*

Begeistert war der Fürst von Saint Germains Rezept für Goldpurpur, wobei dieser wohlweislich verschwieg, dass es eigentlich von Andreas Cassius stammte und schon mehr als hundert Jahre alt war:

*Man löst reines Gold in Königswasser und setzt solange noch Gold oder Säure hinzu, bis man eine gesättigte Auflösung erhält. Ebenso macht man mit derselben Säure eine gesättigte Auflösung von Zinn und gießt diese zu der Goldauflösung. Es wird ein purpurrotes Pulver niederfallen, welches man sammelt und mit destilliertem Wasser auswäscht.*

Leider würde ein mit dieser Farbe dekoriertes Porzellan exorbitant teuer sein, so dass sich für solche Figuren und Geschirr im ganzen Fürstentum wohl nur ein einziger Abnehmer finden ließe: der Markgraf selbst.

Eine Nachricht an den Grafen unterbrach den Alchimisten-Alltag. Grigori Grigorjewitsch Orlow, Vertrauter der Zarin Katharina II. bat Saint Germain um ein baldiges Treffen in Nürnberg. Der Magier ersuchte seinen derzeitigen Dienstherren um Dispens von seinen Pflichten für einen Tag und der Markgraf erklärte sich bereit, doch nur um den Preis zu erfahren, warum Saint Germain so dringend nach Nürnberg reisen wolle. Aus Alexanders Sicht war die Reichsstadt ausländisches Territorium und das weckte sein Misstrauen. Er forderte zu wissen, was Saint Germain in der Stadt vorhabe.

Als ihm der Magier unter dem Siegel der Verschwiegenheit anvertraute, mit wem er sich treffen wolle, willigte der Fürst ein – unter der Bedingung, dass er selbst in cognito mitfahren dürfe.

Auf der Kutschfahrt Richtung Osten fieberte Markgraf Alexander dem Treffen mit dem Vertrauten der Zarin entgegen. Er erzählte Saint Germain alle Indiskretionen, Taktlosigkeiten und Ausschweifungen, die von Sankt Petersburg über Potsdam und Berlin bis zum ihm nach Ansbach gedrungen waren. Vor allem die Gerüchte um das extravagante Liebesleben der Zarin faszinierten den fränkischen Fürsten und er war über die Maßen neugierig auf den Mann, den Katherina angeblich wegen dessen »männlicher Ausstattung« als Bettgefährten erwählt hatte. Der Magier versäumte es nicht, den Markgrafen dezent darauf hinzuweisen, dass es wohl vor allem die Brutalität und skrupellose Ergebenheit von Grigori Orlow und seinen Brüdern war, die Katherinas Gefallen fanden. Immerhin hatten sie ihr den Weg zum Thron geebnet und auch den unliebsamen Ehemann und Konkurrenten im wahrsten Wortsinn kaltgestellt. Das Liebesleben der Regentin wäre dem gegenüber machtpolitisch sicher nicht besonders relevant. Den Rest des Wegs nach Nürnberg schwieg der Markgraf.

Einhundertsiebenundsechzigstens:
Nachricht von Franz.
»... ich hätte Dir schon längst geschrieben, wenn über meine Erholung etwas besonders Gutes zu schreiben gewesen wäre. Es ist eben medizinisch, im Spaß und im Ernst, ein aussichtsloser Fall. Willst Du eine Laiendiagnose? Die körperliche Krankheit ist nur ein Aus-den-Ufern-Treten der geistigen Krankheit ...«

Einhundertachtundsechzigstens:
Telefonat mit Ottla.
Vom Postamt aus mit Franzens jüngster Schwester
Ottla telefoniert. Sie rät ab, ihn zu besuchen. Er ist
sehr aufgewühlt, hat nun auch noch Kehlkopftuber-
kulose und kann kaum noch essen und sprechen. Es
ist ein Elend.

Einhundertneunundsechzigstens:
Er ist erlöst.
Franz starb am 3. Juni 1924 im Sanatorium Kierling
bei Klosterneuburg, Dora Diamant war bis zuletzt
bei ihm. Man wird ihn auf dem Neuen Jüdischen
Friedhof in Prag-Strašnice begraben und ich werde
ein Kaddisch sprechen.

Einhundertsiebzigstens:
Den Alltag nicht wiederfinden.
Der Tod von Franz, besser gesagt sein Sterben, hat
mir eine Wunde gerissen. Es ist, als hätte er die
Ängste seiner Nächte nun auf mich übertragen, als
wären seine Dämonen bei mir eingezogen. Jedes
Spiegelbild schreit mich an: Du wirst elendiglich
verrecken wie Franz! Wie wird es weitergehen? Was
wird sein, wenn ich mein letztes Wort geschrieben
habe? Wird jemand bei mir sein, an meinem Toten-
bett meinen letzten Seufzer zu notieren?
Einhunderteinundsiebzigstens:
Die Umkreisung des Kreises.
Ich lauere mir auf, ich beäuge mich und traue mir
nicht mehr über den Weg. War da nicht ein Schmerz

beim Atmen? Woher kommt das Blut beim Zähneputzen? Woher die dunklen Schatten in meinen Texten? Spricht dort schon die andere Seite zu mir? Sind es Botschaften der anderen Welt? Ich spüre das Messer, ich spüre das Messer in mir. Ich spüre wie die Maschine mir das Gesetz in den Rücken schneidet. Oh, Franz, was hast Du mir nur angetan?

Einhundertzweiundsiebzigstens:
Johannisfest der Loge.
Heute einen neuen Bruder aufgenommen. Ich erlebte das Ritual aus zwei Perspektiven: Zum einen erinnerte ich mich, was ich in der Situation des Blinden und Hinkenden dachte und fühlte, zum anderen erkannte ich von außen die tiefere Bedeutung und die Zusammenhänge der Aufnahmehandlung. Danach Tafelloge mit vielen Toasts auf die Großloge, die Frauen, das Vaterland usw. Beim Toast auf die, die uns vorausgegangen sind, musste ich an meinen Vater und an Franz denken. Wir senkten still die Gläser.

Einhundertdreiundsiebzigstens:
Die Qual der Wahl.
An manchen Tagen komme ich mir vor, als wären mein Leib und meine Seele von Motten zerfressen. Ich muss eine Entscheidung treffen, welchen Ausweg ich wähle: »Loisitschek« oder Lemmel, das ist hier die Frage. Ich entscheide mich für das Paradies mit Apfelbäumen an der Moldau. Will in mein

gewohntes Leben zurückkehren, die Traurigkeit hinter mir lassen. Und schreiben, schreiben, schreiben.

Einhundertvierundsiebzigstens:
Die Überraschung.
Heute lag ein kleines Päckchen vor meiner Tür. Keine Anschrift, kein Absender, nur »Für Leopold«. Der Inhalt hat mich verblüfft und berührt: Ein Fläschchen Rasierwasser von Truefitt & Hill. Klara war hier und hat mir ein Zeichen gegeben. Doch welches? Ich bin irritiert und verunsichert. Was soll ich tun?

Einhundertfünfundsiebzigstens:
Ein Verzeihen.
Habe mich mit Klara im Café Arco getroffen. Es ist nicht mehr so umtriebig, wie in der Zeit als dort noch die »Arconauten« verkehrten – mein Vetter Franz, Egon Erwin Kisch, Franz Werfel, Max Brod, Else Lasker-Schüler, Kurt Tucholsky, Ernst Polak und wie sie alle heißen. Das Völkchen hat sich zerstreut über die Erde, zumindest bis nach Wien, Berlin, Paris und ins Jenseits. Aber ich hatte eh nur Augen und Ohren für Klara. Sie bat mich um Verzeihung. Ihr Engagement hatte sie über das Ziel hinausschießen lassen und sie wollte mich nicht verletzen. Sie mag mich immer noch. Oder wieder.

Einhundertsechsundsiebzigstens:
Liebe und Schreiben.
Ist die Liebe gut oder schlecht fürs Schreiben? Lenkt sie ab oder inspiriert sie? Macht sie oberflächlich oder verleiht sie mehr Tiefe? Ich weiß es nicht, weiß nur, dass Liebe Zeit kostet, die ich dann zum Schreiben nicht mehr habe. Ist das ein Defizit? Im Moment der Liebe spüre ich keinen Verlust. Und die Liebe erspart viele Stunden des dumpfen, traurigen Brütens und Nachsinnens und Zweifelns. Schreiben kann warten, Liebe nicht.

Einhundertsiebenundsiebzigstens:
Klara liest Leopold.
Unendlich große Freude! Klara hat all meine Geschichten und sogar mein Romanfragment gelesen. Sie sagt, ich sei talentiert. Am liebsten würde ich sofort aufhören zu schreiben, um diesen guten Eindruck nicht zu gefährden.

Einhundertachtundsiebzigstens:
Der 33. Geburtstag.
Eigentlich sind es gar noch nicht so viele Jahre, dennoch sind schon so viele gegangen. Der Krieg hat seinen Anteil daran und die Macht, die man gemeinhin Schicksal nennt. Ich will keinem Gott die Schuld dafür geben, dafür danke ich auch keinem Gott für das Gute. Gerade in Stunden wie diesen merke ich, wie fern mir dieser Adonai-Gott-Allah-wie-auch-immer-ist, wie sehr ich ihn meiden muss, um

meinen Glauben an den namenlosen All-Einen zu erhalten.

Einhundertneunundsiebzigstens:
Die Fortsetzung.
Bin das Risiko eingegangen, Klaras Meinung über mein Schreiben doch nicht zu Mumifizieren und habe an meinem »Ewigen Magier« weitergeschrieben:

Der ewige Magier
Kapitel IV – Duchcov (Dux),
Königreich Böhmen 1795
Der ewige Magier war auf dem Weg nach Böhmen. Sein alter ego, den Grafen von Saint Germain hatte er bereits im Jahr 1784 auf dem Friedhof von St. Nicolai in Eckernförde würdevoll begraben. Mit ihm am offenen Grab hatte sein Freund und Gönner Karl, nicht-regierender Landgraf von Hessen-Kassel und dänischer Statthalter der Herzogtümer Schleswig und Holstein, Alchimist und Freimaurer gestanden. Nach einer gewissen Zeit war es nämlich nötig geworden, sich von der liebgewonnenen Identität des geheimnisvollen Grafen zu verabschieden. Die lange Verweildauer auf Erden und die äußere Erscheinung von Saint Germain waren zunehmend in krassem Widerspruch gestanden. Derzeit nannte Arkanto sich Marquis Aymar de Betmar und diese Rolle sah der Magier als eine Art Zwischenexistenz, bevor er eine neue, bedeutendere Hauptfigur in seinem Leben erschaffen würde. Doch zuerst wollte er noch einmal einen Mann treffen, mit dem er seit seiner

ersten Pariser Zeit als Graf de Saint Germain im ständigem Konkurrenzkampf gelegen war, quasi ein postumer Abschiedsbesuch elf Jahre nach seinem eigenen offiziellen Tod. Der Gegenspieler aus vergangen Tagen war kein Geringerer als der berühmte Giacomo Casanova. Auf Schloss Dux wurde der Magier von Graf Joseph Karl von Waldstein, dem Herrn des Hauses, persönlich begrüßt. »Ihr Name erinnert mich an das Pseudonym eines berühmten Mannes, dem ich leider nie begegnen durfte«, sagte er mit einem wissenden Lächeln. In diesem Augenblick bereute Arkanto, einen Decknamen aus alten Zeiten verwendet zu haben. Er beschloss, auf das Spiel des Grafen einzugehen.

»Ich bewundere Ihr Gedächtnis, Erlaucht. Manchmal ist es besser, diskret zu agieren, wenn Sie mich verstehen?«

»Durchaus Sire, durchaus. Sie kennen Cavaliere Casanova von früher?«

»Oh ja, aus Paris. Wir beide standen damals in Konkurrenz.«

Der Graf lächelte süffisant. »Ich vermute, das Sujet Ihres Wettstreits war eine Dame?«

»Sie vermuten richtig, Erlaucht. Wir buhlten beide um die Gunst der Marquise d'Urfé. Casanova hatte finanzielle Ambitionen, mein Motiv war ein Schriftstück, das sich im Besitz der Witwe befand.«

»Darf ich fragen, wer den Sieg davontrug?«

»Ich bin in Besitz des Schriftstücks, Erlaucht.«

Der Graf schmunzelte. »Ich bin mir sicher, das hat Ihnen Casanova nie verziehen. Ich muss Sie warnen: Er ist sehr schwierig geworden.«

»Schwierig? Sie meinen, er ist nicht mehr recht bei Sinnen?«

»Nein, nein. Bei Sinnen ist er sicher noch. Nur unausstehlich. Er nörgelt den ganzen Tag, fühlt sich nicht gebührend behandelt und zurückgesetzt. Es gibt keinen Tag, an dem er sich nicht über seinen Kaffee, seine Milch oder die Makkaroni beschwert. Er regt sich auf, wenn ich nicht ihm als Ersten guten Morgen gewünscht habe. Er lamentiert, die Suppe wäre ihm absichtlich zu heiß serviert worden. Oder ein Diener hat ihn wiederholt auf ein Getränk warten lassen. Er ist verletzt, weil ich ihn einem berühmten Besucher nicht vorgestellt habe. Oder er beschwert sich, dass ich ein Buch verliehen habe, ohne ihn davon zu verständigen – schließlich sei er der verantwortliche Bibliothekar im Schloss. Dann wieder hat ein Diener nicht den Hut gezogen, als er an ihm vorüberging. Und das Schlimmste: Ständig würde er, der berühmte Casanova, im Schloss ausgelacht. Er hatte seine französischen Verse vorgezeigt, und jemand hatte gelacht.

Er hatte gestikuliert, als er italienische Verse vortrug, und jemand hatte gelacht. Er hatte beim Betreten eines Raumes die Verbeugung gemacht, die ihm von dem berühmten Tanzlehrer Marcel vor sechzig Jahren beigebracht worden war, und jemand hatte gelacht. Seien Sie also vorsichtig! In Casanovas Gegenwart zu lachen kann Ärger machen! Ich führe Sie jetzt persönlich zu ihm, auf dass ich nicht wieder gescholten werde.«

Graf Joseph Karl von Waldstein führte Arkanto in die Schlossbibliothek. Auf sein Klopfen an der Tür kam von innen ein barsches »Avanti!«

120

Casanova sah kaum von dem Schriftstück auf, an dem er gerade arbeitete, als er plötzlich stutzte. Er starrte auf den Magier und rief: »Per tutti i santi! E 'il diavolo! Das kann nicht sein. Er sieht keinen Tag älter aus als damals in Paris. Egli è morto! Er ist tot, man hat es mir glaubwürdig berichtet. Hoch im Norden, an den Gestaden des Meeres, hat man ihn begraben. Si tratta di un fantasma. Graf, das ist ein Gespenst. Saint Germain ist tot. Morto! Seit mehr als zehn Jahren. Ich habe hier einen Brief mit der Todesnachricht.«

»Beruhigen Sie sich, Casanova. Dieser Herr, Marquis Aymar de Betmar, mag Saint Germain ähnlich sehen und das ist nicht sonderbar, denn er ist sein Neffe.«

Der Magier bewunderte den Grafen ob seiner schnellen Reaktion. Das hätte er selbst nicht besser machen können.

»Diese Ähnlichkeit! Perplessi. Sie haben mich wahrhaft erschreckt. Es ist, als stünde ein junger Saint Germain im Raum. Incredibile! Es ist, wie soll ich sagen, come una magia.«

»Ich freue mich, Sie persönlich kennenlernen zu dürfen, Cavaliere. Mein Onkel hat mir viel von Ihnen erzählt«, sagte Arkanto mit einer tiefen Verbeugung.

»Was führt Sie zu mir, Marquis? Wollen Sie sich an meinem Abstieg weiden? Erfüllen Sie so das Testament Ihres Oheims?«

»Nein, Cavaliere, das Testament meines Onkels hat etwas anderes für Sie vorgesehen.« Mit diesen Worten überreichte er Casanova einen schweren Lederbeutel. Casanova nahm ihn irritiert entgegen, öffnete ihn und kippte den Inhalt auf seinen Schreibtisch. Unterschiedlichste Goldmünzen bedeckten die Papiere – Dukaten, Gulden, Dublonen, Taler und andere, deren Herkunft man nicht gleich erkennen konnte.

Casanovas Herz schlug schneller. Er atmete einige Male tief ein und aus, bevor er fragte: »Was soll das junger Mann?«

»Das ist ein letzter Gruß vom Grafen de Saint Germain. Er hatte ihn für Sie aufgehoben aus dem Nachlass der Marquise d'Urfé.«

»Was muss ich dafür tun? Was verlangt der diavolo, dieser Teufel von mir?«

»Nichts. Außer vielleicht einem Gebet oder einen Gedanken. Mehr nicht, Cavaliere Casanova. Es war mir eine Ehre.«

Arkanto drehte sich um und verließ ohne ein weiteres Wort die Bibliothek.


Einhundertachtzigstens:
Klara und die Klarheit.

Es hat sich verändert. Wie soll es weitergehen? Wir waren wieder im Café Arco, obwohl ich nicht weiß, ob es dieses »wir« wirklich gibt. Unsere letzten Treffen waren irgendwie distanziert, es gibt keine Vertraulichkeit, geschweige denn mehr. Klara kommt mir vor wie ein Komet, der sich von Zeit zu Zeit der Erde nähert, nur um sich wieder von ihr zu entfernen.

Einhunderteinundachtzigstens:
Klara oder die anderen?
Lemmel meinte, wir sollten uns wieder einmal einen netten Abend mit Rachel und Esther machen. Es war quasi ein Ausflug auf die andere Seite des Lebens.

Einhundertzweiundachtzigstens:
Im Café Louvre.
Treffen mit Otto Pick von der »Prager Presse«. Er will einen Artikel über mich und meine Geschichten schreiben. Etliche Schriftsteller nutzen das Louvre inzwischen als Büro. Sehr praktisch, vor allem, weil man stets Neues erfährt. Und noch besser: Hier verkehren nicht nur Journalisten, sondern auch Literaturagenten und Verleger!

Einhundertdreiundachtzigstens:
Post aus Zwickledt.
Alfred Kubin hat mir ein kleines Päckchen geschickt: Eine Ausgabe von Voltaires »Candide oder der Optimismus« von ihm mit 28 Federzeichnungen illustriert. Mit netter persönlicher Widmung. Ich muss gestehen, habe zwar schon oft von »Candide« gehört, es aber noch nie gelesen.

Einhundertvierundachtzigstens:
Was meint Kubin?
Nachdem ich »Candide« gelesen habe, frage ich mich: Was will mir Kubin damit sagen? Sieht er mich als einen jungen, naiven Narren? Will er meine positive Grundeinstellung ad absurdum führen?

Soll ich den Satz »Lasst uns arbeiten ohne nachzu-
denken, das ist das einzige Mittel, das Leben erträg-
lich zu machen« im letzten Kapitel auf mich bezie-
hen? Oder wollte mir Kubin einfach nur eine Freude
machen? Auf jeden Fall werde ich künftig skepti-
scher sein.

Einhundertfünfundachtzigstens:
PEN Club in Böhmen.
Associated Press meldet:
»On 15th February 1925, thirty-eight writers met in
Café Louvre at a constituent General Meeting of the
PEN Club Czechoslovak Center. Karel Čapek be-
came its first Chairman, and President of the Repub-
lic, T.G. Masaryk, was an honorable guest to the first
PEN Club dinner.«
Und ich war dabei – hurra! Nun gehöre ich zum in-
ternationalen Kreis der P(oets), E(ssayists) und
N(ovelists), der Dichter, Essayisten und Romanciers.

Einhundertsechsundachtzigstens:
Yin und Yang.
Klara und ich haben heftigst gestritten und uns be-
schimpft wie die Bierkutscher. Bis zur Atemlosig-
keit. Und dann versöhnt. Bis zum Frühstück.

Einhundertsiebenundachtzigstens:
Recherchieren und Finden.
Habe für meinen Roman nach der nächsten Identität meines ewigen Magiers als Nachfolger von Saint Germain gesucht und bin fündig geworden! In »Die Gartenlaube« Heft 39 von 1867 unter dem Titel »Ein gräflicher Methusalem in Paris« wird dort über Friedrich von Waldeck berichtet, geboren in Prag am 16. März 1766. Da ihn der Reporter 1865 in Paris traf, war er zu diesem Zeitpunkt 99 Jahre alt. Bei meinen weiteren Recherchen fand ich als Todesdatum des Grafen den 30. April 1875, also ist er 109 Jahre alt geworden – was für ein Arkanto!

Einhundertachtundachtzigstens:
Begegnung mit meinem Vater.
Letzte Nacht besuchte ich in meinen Träumen meinen Vater. Auslöser war sicher der Bericht, dass Graf von Waldeck an Napoleons Ägypten-Expedition teilgenommen hat. Dort soll er Gräber und Mumien gezeichnet haben, Mumien – die große Sehnsucht meines Vaters. Und so sah ich ihn in einer unterirdischen Kammer mit Hunderten von Salbentöpfen, Tiegeln, Flacons und Näpfen. Hinten im Raum dampfte ein Kessel über offenem Feuer und auf einem Katafalk lag ein nackter Körper. Mein Körper. Vater lächelte mich an und deutete auf meinen Leichnam. »Sieh, Leopold! Du bist die Krönung meines Werkes, mein Sohn. Ich habe Dich so trefflich präpariert, dass Du selbst gar nicht merkst, dass Du schon gestorben bist.«

Einhundertneunundachtzigstens:
Panik!
Ich schrie. Endlos lange und immens laut. Schließlich stürzte Lemmel in mein Zimmer. Ich erzählte meinen Traum und er fragte »Du glaubst doch nicht wirklich, dass Du gestorben bist?« und ich entgegnete »Du glaubst doch nicht wirklich, dass Du lebst?«

Einhundertneunzigstens:
Verwirrung.
Seit meinem Albtraum bin ich total verunsichert. Manchmal lausche ich minutenlang meinen Atemzügen, um mich meiner Lebendigkeit zu versichern. Oder glaube ich nur, zu hören? Was ist Wachen, was ist Träumen?

Einhunderteinundneunzigstens:
Lebenszeichen, viele.
Klara war da. Habe ihr alles erzählt. Sie hat gelacht. Sie hat mir dann bewiesen, dass ich lebendig bin. Sehr lebendig.

Einhundertzweiundneunzigstens: Wer sich zwischen die Zeilen begibt, kommt darin um.
Vor lauter Lesen wieder das Essen vergessen. Hangelte mich in der Bibliothek von Waldecks Teilnahme an Napoleons Ägypten-Expedition bis zu Robert Surcouf, dem legendären Kaperfahrer aus Saint Malo. So viel Leben, so viel Geschichte, so viel

Fantasie. Ich fürchte mich vor den Träumen der nächsten Nacht.

Einhundertdreiundneunzigstens:
Zwischen den Welten.
Inzwischen glaube ich fest daran, dass es parallele Universen gibt. Ich lebe ja selbst in verschiedenen: Debattieren mit Kollegen im Café Louvre, im sinnlichen Taumel mit Klara, verstehendes Schweigen mit Lemmel im Apfelgarten an der Moldau, in meinen Phantasmagorien mit meinem Vater und meinen Romanfiguren. Alles ist real, alles ist wahr, alles ist echt.

Einhundertvierundneunzigstens:
Rückzug.
Alles in mir schreit nach Ruhe. Muss meine Gedanken sortieren. Muss schreiben.

Einhundertfünfundneunzigstens:
Arkantos neue Identität.

Der ewige Magier
Kapitel V – Ägypten 1798-1801
Nachdem Arkanto seine Rolle als Marquis Aymar de Betmar ohne Bedauern und Sentimentalitäten abgelegt hatte, erfand er sich wieder einmal neu. In alter Verbundenheit mit seiner böhmischen Heimat ersann er Johann Friedrich von Waldeck als seine neue Identität. Es machte dem Magier Spaß, eine aufregende neue Lebensfigur zu erfinden. Nach den Wirren

der französischen Revolution war es ein Leichtes, eine glaubwürdige Biographie aus der Fantasie zu erschaffen. Und so war er nun in der Welt: Johann Friedrich von Waldeck, am Vorabend des Sturms auf die Bastille in Paris eingetroffen, Wegbegleiter und Freund Dantons, mit Geschick und Glück dem Schafott entgangen. Ein weiterer Überlebenskünstler, der nun unter Napoleon sein Glück versuchte.

1798 begann der Korse seine Ägyptische Expedition mit 30.000 Soldaten begleitet von der Commission des sciences et des arts, einer Expertengruppe von 167 Wissenschaftlern, Ingenieuren und Künstlern. Als exzellenter Zeichner war es für Waldeck kein Problem, in den Stab aufgenommen zu werden. Sie sollten Ägypten erforschen und alles Interessante im Bild festhalten. Aber bevor es dazu kommen konnte, mussten die Franzosen zuallererst die herrschenden Mameluken besiegen. Und was für ein Sieg dies war! Am 21. Juli in der Schlacht bei den Pyramiden gelang Napoleon Historisches. Was den Kreuzfahrern im 13. Jahrhundert nicht gelungen war, der geniale General erreichte es: Ägypten war in christlicher Hand!

Nun konnten die Gelehrten im ganzen Land ausschwärmen und man schickte von Waldeck nach Süden in die Stadt Luxor, auch Theben genannt. Er zeichnete viele Details, Figuren und Hieroglyphen aus den Tempelruinen der einstigen Metropole für die »Description de l'Égypte«. Nach und nach kamen schlechte Nachrichten aus dem Norden. Die Engländer hatten in der Schlacht von Trafalgar die französische Flotte vernichtet und blockierten nun den Nachschub über das Mittelmeer. Arkanto erkannte die Zeichen. Schon zu oft hatte er von der Versorgung abgeschnittene Heere untergehen sehen. Es war an der Zeit, eine Entscheidung zu treffen. So verließ er ohne viel Aufhebens und ohne Entlassungsschein die Expertenkommission. Nach bewährter Methode wählte er gemeinsam mit fünf weiteren Expeditionsteilnehmern entgegengesetzt zu den nördlichen Schlachtfeldern die Richtung Süden und sie fuhren auf dem Nil nach Nubien.

Einhundertsechsundneunzigstens:
Wer bin ich eigentlich?
Lange schon bin ich nicht mehr sicher, wer ich bin. Bin ich wirklich Leopold Branntwein? Oder bin ich Arkanto, der unsterbliche Magier, der vorgibt, Leopold zu sein. Oder sind wir beide eine Erfindung des Johann Friedrich von Waldeck?
Oder sind wir alle das Produkt der Fantasie meines mumiensüchtigen Vaters?

Einhundertsiebenundneunzigstens:
Gedanken zu Waldeck.
Je mehr ich mich mit der Geschichte des angeblichen Grafen, Herzogs, Barons Johann Friedrich von Waldeck beschäftige, desto mehr wachsen meine Zweifel. Mir scheint er ein Odysseus der Neuzeit zu sein, ein Schwindler, der die Irrfahrten seines Lebens mit immer neuen Schauergeschichten ausschmückt und diese mit prominenten Namen würzt. Seine Kameraden vor Troja waren die Pariser Revolutionäre, die

an seiner Seite nach und nach den Kopf verloren. Seine Zyklopen waren die Neger, die seine Gefährten in Afrika meuchelten. Seine Circe war eine geheimnisvolle namenlose Engländerin, die ihm noch im hohen Alter einen Sohn schenkte. Mit dem Freibeuter Robert Surcouf ging er auf Kaperfahrt, mit Sir Walter Scott und Lord Byron wanderte er in den schottischen Highlands, mit dem Dandy Beau Brummel zog er um die Häuser und mit dem Freiheitskämpfer Lord Cochrane um die Welt. Er erforschte und zeichnete die Maya-Ruinen von Palenque und Uxmal in Mexiko, wobei er unzählige Male von Klapperschlangen gebissen wurde. Seine Aufzeichnungen umfassen fünfunddreißig enggeschriebene Oktavbände. Einer seiner Freunde, der Graf von St. Priest, überredete ihn, seine Biographie von Alexandre Dumas schreiben zu lassen. Zu diesem Zweck überließ Waldeck dem Verfasser des Monte Christo seine Manuskripte, doch leider hat sie der berühmte Schriftsteller angeblich verloren. Wie soll ich, Leopold Branntwein, in meinem Roman damit konkurrieren? Kein Mensch würde diese Waldeck-Figur als glaubwürdig empfinden, obwohl ich längst nicht alles erwähnte, was er von sich und seinen Abenteuern erzählt hat. Nein, mein ewiger Magier braucht eine andere Person als neue Identität. Typen wie Johann Friedrich von Waldeck überlasse ich lieber Autoren wie Karl May.

Einhundertachtundneunzigstens:
Wie weiter?
Seit Wochen nichts mehr geschrieben. Jeden Tag erfinde ich ein Dutzend neue Persönlichkeiten für Arkanto und am nächsten Tag verwerfe ich sie alle. Ein italienischer Gigolo, ein deutscher Erfinder, ein englischer Snob, ein böhmischer Musiker, ein holländischer Missionar, ein französischer Forscher – in so viele habe ich mich hinein gedacht und in keinem wohlgefühlt.

Einhundertneunundneunzigstens:
Metropolis!
Was für ein Film! Die Kritiker mögen spotten, sie mögen ihn zerfetzen, ich liebe ihn! Bilder wie aus meinen Albträumen. Maschinen wie aus meinen Fantasien. Eine Welt aus meiner allertiefsten, dunkelsten Depression.

Zweihundertstens:
Fluchtreflex.
Meine Unruhe steigert sich von Tag zu Tag. Selbst die Stunden mit Klara lenken mich kaum noch ab. Die heilsame Wirkung der Apfelbäume ist verloren. Selbst das Schweigen mit Lemmel tost wie ein Gewittersturm.

Zweihunderterstens:
In die Ewigkeit?
Ist Selbstmord eine Lösung? Eine effektive, absolute, schrecklich endgültige Lösung? Die Beklemmung

steigt in mir und ich habe Angst, alleine in den schwarzen Abgrund zu tauchen. Ob Klara mit mir …? Wie Kronprinz Rudolf mit seiner Geliebten Baronesse Mary Vetsera? Wird der Weg einfacher, wenn man dabei nicht einsam ist? Wird es leichter an der Seite eines geliebten Menschen? Oder soll es so unintim sein, so auffällig zufällig wie bei Heinrich von Kleist und seiner fernen Bekannten Henriette Vogel? Oder soll ich vielleicht ein Mädel aus dem "Loisitschek" fragen, ob sie auch so weit wäre, in ihrem eigenen Elend das meinige zu teilen …? Nein, nein, das ist nicht meine Art! Ich muss weg, ich muss zurück zum Berg der Wahrheit.

Zweihundertzweitens:
Zurück am Monte Verità.
Frei nach Charles Dickens: Es ist die beste aller Zeiten, es ist die schlimmste aller Zeiten, um auf dem Monte Verità zurückzukommen. Die beste, weil noch kaum einer da ist und es viel Platz gibt.
Der Capo genannte Aufpasser lässt mich sogar im Haupthaus wohnen. Die schlimmste aller Zeiten, weil kaum noch einer da ist und der Ort etwas Geisterhaftes hat. Während sich unten in Ascona die Maler, Dichter und Utopisten in den Hotels und Pensionen die Klinke in die Hand geben, besteht hier oben alles nur noch aus Abschied und Erinnerung. Bald wird man das Haus abreißen und hier ein Hotel im Bauhaus-Stil errichten.
Hier ködert man nicht mit Dampfbädern und Moorpackungen, sondern mit Künstlerflair und der Aura

des Sündigen. Ich weiß nicht so recht, bin ich Gast oder Akteur? Gehöre ich zur pittoresken Staffage oder zur Laufkundschaft? Wie gerne würde ich die Hof haltenden Dichterfürsten und Malerprinzessinnen eintauschen gegen einen Hermann Hesse, sogar gegen einen armseligen Rudolf von Laban mit seinem Harem. Und erst recht die Tochter des Capos, das trinkgeldgierige Stubenmädchen gegen die erfrischend unbekümmerte Lilo. Wie sehr sich die Zeiten doch geändert haben. Mein kleiner geschwätziger Beo, meine Ein-Frau-Tanztruppe des schwarzen Paragraphen hätte heute keine Chance mehr gegen Charlotte Bara, die "ägyptische Tänzerin". Lilo hatte eben keinen schwerreichen Vater, der ihr in Ascona ein eigenes Theater im Bauhaus-Stil bauen ließ.

Zweihundertdrittens:
Drei Lebensphasen.
So ist es wohl immer, wenn ein Platz etwas ganz Besonderes ist: Zuerst kommen die Weltverbesserer, die Spinner, die Außenseiter, entdecken den Ort, machen ihn urbar für Ideen und begründen seinen Mythos. Das kommen die Künstler und besingen die Extravaganz dieses Fleckchens Erde mit Worten, Tönen und Bildern. Zuletzt kommen die Bankiers und machen das Areal komfortabel und konsumerabel für betuchte Touristen.

Zweihundertviertens:
Endlich Schreiben.
Es ist nichts mehr zwischen mir und dem Papier in meiner Schreibmaschine. Dieses Mal keine tanzenden nackten Mädchen – warum nur fielen mir die zuerst ein? -; kein geschwätziger Beo namens Lilo; kein Klatsch und Tratsch, wer mit wem und warum doch nicht; keine Angst, dem übergroßen Großmeister Reuß zu begegnen und ihm wie ein stammelnder Idiot gegenüber zu stehen. Also auf, ihr Buchstaben, tretet an und sortiert euch zu einem Manuskript!

Zweihundertfünftens:
Ich fühle mich wie ein Veteran.
Wenn ich im Hotelcafé von früher auf dem Monte berichte, kommt ein seltsamer Ausdruck in die Gesichter meiner zufälligen Zuhörer. Ich weiß, dass sie denken »Der arme Schriftsteller schwelgt in seiner nie gehabten Vergangenheit« und meinen doch nur »Opa erzählt vom Krieg«. Der Veteran ist nur ein weiterer Krüppel aus einer anderen Zeit, an die man nicht erinnert werden will, die man abstreifen möchte wie einen mit Dreck beschmutzten Mantel.

Zweihundertsechstens:
In der Natur.
Viele einsame Spaziergänge, selbst die Höhlen der Eremiten sind verlassen. Habe eine inspiziert, ob vielleicht ein Skelett darin liegt, aber sie war leer. Der Eremit oder der Bestatter war schneller. Überall am Berg ist das Leben entwichen, nichts als

verlassenes Land, das macht mich traurig. Wie soll ich ausgerechnet hier Heilung oder gar Rettung finden?

*Charlotte Bara*

Zweihundertsiebtens:
Small Talk in Ascona.
Das alte Fischerdorf hat sich zum Tummelplatz der Szene entwickelt. Die Baronessa von Werefkin ist der Mittelpunkt einer illustren Gesellschaft. Ich bewege mich am Rand, pflege meinen Ruf als melancholischer Schriftsteller aus Prag, der ein dunkles Geheimnis mit sich trägt. Charlotte Bara flüsterte mir ins Ohr »Du trägst Kafkas Tod als Lidschatten« und hauchte mir einen Kuss auf die Wange.
Jeden Tag ist irgendwo im Dorf eine Vernissage oder eine Dichterlesung oder eine Aufführung, sei es Theater, sei es Ballett. Ich denke, wenn das Hotel auf dem Monte Verità im nächsten Jahr eröffnet wird, ergießt sich für die Künstler ein Strom solventer Kundschaft nach Ascona.

Zweihundertachtens:
Wieder Abschied vom Berg.
Als ich mich mit meinem Koffer in der Hand beim Capo abmeldete, betrat Marianne von Werefkin das Haus. Trotz ihrer 66 Jahre wirkt sie ungeheuer vital und dynamisch. Mir wurde schnell klar, warum sie zur treibenden Kraft hinter der Wiederbelebung des Monte Verità geworden war. »Ich habe sie doch kürzlich mit der Bara gesehen, sie sind der Vetter von Franz Kafka, nicht wahr?« Ich bestätigte und ärgerte mich, dass sie sich nicht um meiner selbst Willen an mich erinnerte. Sie bemerkte ihren Fauxpas und fügte schnell hinzu: »Man sagte mir, dass auch Sie ein sehr talentierter Schriftsteller sind. Leider

hatte ich noch nicht die Gelegenheit, etwas von Ihnen zu lesen.« Dabei lächelte sie so charmant, dass ich ihr nicht mehr gram sein konnte. Immerhin hatte sie sich an mich erinnert.

Zweihundertneuntens:
Ascona Adieu.
Seit meiner Abreise von Herzmanovsky-Orlando in Meran ist es mir nicht mehr so leicht gefallen, einen Ort zu verlassen. Als ich in Ascona in den Zug stieg, hatte ich schon keine Erinnerung mehr. Da war kein Schmerz, kein Flämmchen Sehnsucht, keine Wehmut. Nur Erleichterung, Aufatmen, und die Gewissheit, dass alles andere besser ist. Die Wahrheit wurde von der Realität gefressen, meinen Berg gibt es nicht mehr.

Zweihundertzehntens:

Quo vadis, Leopold?

Ich habe meine Meinung geändert: Johann Friedrich von Waldeck war der Grund meiner Krise und er soll mich gefälligst aus meiner misslichen Lage befreien. Ich werde seine Geschichte erzählen, exakt so, wie er sie den Leuten aufgetischt hat.

Der ewige Magier

Kapitel VIII– Paris 1853

»Dumas, Du bist ein Betrüger!«, brüllte Graf Waldeck und warf dem berühmten Schriftsteller ein Buch vor die Füße.

Auf dem Titel prangte *Alexandre Dumas: Isaac Laquedem ou Le roman du Juif errant – Isaac Laquedem oder der Roman über den wandernden Juden.* »Du verdammter Kreole hast mir meine Geschichte gestohlen!"

„Moment, halt ein, mein zorniger Freund" entgegnete Dumas ruhig. „Es ist nicht Deine Geschichte, es ist die Geschichte von Ahasver, dem ewig wandernden Juden.«

»Aber ich hatte Dir davon erzählt!« wandte Waldeck. »Ich gab Dir all meine Aufzeichnungen über meine Abenteuer und erzählte Dir die Geschichte von Ahasver.«

»Gemach, gemach! Jeder gute Christenmensch kennt doch die Geschichte vom Juden, der ewig durch die Welt wandern muss bis zum Tag, da unser Herr zurückkehren wird. Das ist doch nicht Deine Geschichte. Sollte er nicht wahrhaft auf Erden wandeln, so geistert er doch schon lange durch die Literatur.«

138

»Es ist aber meine Geschichte!«, behauptete Waldeck trotzig.

»Wenn es Deine ist, woher hat sie dann Jan Graf Potocki in seiner *Handschrift von Saragossa*? Hast Du ihm auch davon erzählt? Beschuldigst Du auch ihn, ein Dieb zu sein?«

Waldeck seufzte laut. Er erkannte, dass er mit seinen Vorwürfen ins Leere lief. Dumas hatte recht, die Geschichte von Ahasver war längst Allgemeingut. Zu viele waren ihm wirklich begegnet, auch wenn er sie nicht infizierte, so wussten sie doch, wer er war. Schließlich sagte er: »Gut! Dann lassen wir das. Gib mir meine Manuskripte zurück!«

»Welche Manuskripte?«

»Die 35 Oktavbände mit der Geschichte meines Lebens. Die Schilderungen all meiner Abenteuer in aller Welt, die Du in einen Roman umwandeln solltest.«

»Ach die. Hm, ich weiß nicht. Lass mich überlegen ... Nein, mir fällt nicht ein, wo ich sie gerade hingelegt habe. Ich komme ja gerade erst aus Belgien zurück, übrigens interessante Leute da mit erstaunlichen Geschichten. Hab' noch gar nicht alles ausgepackt. Vielleicht sind Deine Papiere in einer der Truhen da drüben ... Komm doch nächste Woche noch einmal vorbei, bis dahin habe ich sie bestimmt gefunden.«

Zweihundertelftens:
Zurück in Prag.
Ich lass mich treiben. Aus dem Radio ertönt jeden Tag zigmal das Musikstück des Jahres: »Alte, schmeiß das Grammofon an, ich bringe dir den

Blackbottom bei«. Muss jedes Mal grinsen, wenn sie sagen, das Lied sei von Smith Kwiet. In Wirklichkeit hat es mein Bekannter František Alois Tichý komponiert, der als Orgelspieler in einer Kirche und gleichzeitig als Pianist in einer Bar arbeitet. Irgendwie muss man ja durchkommen. Die neue Musik »Jazz« ist nun überall zu hören, sie entspricht der Atmosphäre hier in Prag: frei, ein wenig aufmüpfig provokativ und mit unheimlich viel Zukunft.

Zweihundertzwölftens:
Schreiben, nichts als Schreiben.
Gehe nur noch wenig aus. Manchmal ins »Loisitschek«, öfter ins Café Louvre, wo sich immer noch viele Literaturagenten und Vertreter von Zeitschriften aufhalten. Konnte Reportagen über Hašek und Kubin verkaufen, fein!

Zweihundertdreizehntens:
Nicht mehr meine Welt.
Die Beunruhigung nimmt zu. Letzte Nacht wieder von meinem Vater geträumt. Er ist inzwischen einer obskuren Sekte beigetreten und oberster Einbalsamierer von Theben geworden. Er lockte mich, zu ihm zu kommen, in seine Fußstapfen zu treten: »Was willst Du noch in Europa, Leopold? Das Glück hat dort längst seine Koffer gepackt!«

140

Zweihundertvierzehntens:

Ein Zeichen?

Heute ist im Treppenhaus ein Bücherstapel aus drei Metern Höhe neben mir herabgestürzt. Ein alte Tanach-Ausgabe blieb aufgeschlagen liegen - Jesaja 13: »Der HERR der Heerscharen mustert ein Kriegsheer. Sie kommen aus einem fernen Land, vom Ende des Himmels: der HERR und die Waffen seines Zorns, um die ganze Erde zu verwüsten. Schreit auf, denn der Tag des HERRN ist nahe; er kommt wie eine zerstörende Macht vom Allmächtigen. Darum erschlaffen alle Hände und jedes Menschenherz verzagt.

Sie sind bestürzt; sie werden von Krämpfen und Wehen befallen, wie eine Gebärende winden sie sich. Einer starrt den andern an, wie Flammen glühen ihre Gesichter. Siehe, der Tag des HERRN kommt, voll Grausamkeit, Grimm und glühendem Zorn, um die Erde zur Wüste zu machen, und ihre Sünder vertilgt er von ihr. Die Sterne und Sternbilder am Himmel lassen ihr Licht nicht leuchten. Die Sonne ist dunkel bei ihrem Aufgang und der Mond lässt sein Licht nicht scheinen. Dann werde ich am Erdkreis die Bosheit heimsuchen und an den Frevlern ihre Schuld. Dem Hochmut der Stolzen mache ich ein Ende und erniedrige die Hoheit der Tyrannen. Die Menschen mache ich seltener als Feingold, die Menschenkinder rarer als Golderz aus Ofir. Darum werde ich den Himmel erzittern lassen und die Erde wird beben, weg von ihrem Ort, wegen des Grimms des HERRN der Heerscharen am Tag seines glühenden Zorns. Wie aufgescheuchte Gazellen, wie Schafe, die niemand sammelt, so wendet sich jeder zu seinem Volk, so flieht jeder in sein Land. Jeder, der gefunden wird, wird durchbohrt und jeder, der aufgegriffen wird, fällt durch das Schwert. Ihre Kleinkinder werden vor ihren Augen zerschmettert, ihre Häuser geplündert, ihre Frauen geschändet.« Ich habe schreckliche Angst.

Zweihundertfünfzehntens:
Panik Nacht für Nacht.
Prag treibt mich in den Wahnsinn. Traue mich abends gar nicht mehr auf die Straße. Sehe überall bedrohliche Schatten, die mir auflauern, an jeder Ecke, in jedem Hauseingang. Ich höre ihren keuchenden Atem, das Scharren ihrer Füße, das Klirren ihrer Messer. Wer sind sie? Warum haben sie mich als ihr Opfer ausersehen? Wie lange habe ich noch?

Zweihundertsechzehntens:
Lemmel weiß Rat.
Mein Vetter sagt, ich muss wieder raus aus Prag. Mein Wahnsinn sei inzwischen mit den Händen zu greifen. Da hilft kein Apfelbaum an der Moldau mehr, das verbrennt kein Lagerfeuer, das vertreibt keine Gespielin der Nacht. Lemmel rät mir, zu unseren Wurzeln zu reisen, nach Königswart, tschechisch Kynzvart, nahe der deutschen Grenze. Er gab mir ein Empfehlungsschreiben für einen Freund mit, der dort ein Wirtshaus betreibt und auch Zimmer vermietet.

Zweihundertsiebzehntens:
Flucht nach Königswart.
Bin seit gestern im »Haus New York«. Ein prachtvolles, herunter gekommenes Anwesen aus dem Barock mit großer Geschichte kleiner Leute. Der jetzige Besitzer Benjamin Zucker, der Freund von Lemmel aus längst vergangenen Tagen, erzählte mir, dass der Kern des Gebäudes die alte Synagoge sei, aus der ein Wirtshaus gewachsen ist, und nicht das schlechteste. Meint er jedenfalls. Der Keller mit der Mikwe stammt wohl aus dem Mittelalter, aber das ist eh alles vorbei. Die Juden waren hier, die Juden sind vertrieben worden, die Juden sind zurückgekommen. Und bald wird man sie wieder vertreiben, das sind die Gezeiten, erklärt er mir. Es gibt nämlich gar keine Zeit, nur Gezeiten, Ebbe und Flut. Das Meer kommt und das Meer geht und die Juden machen es genauso.

Zweihundertachtzehntens:
Haus New York in Westböhmen.
Mit Benjamin eine Flasche Wein geleert. Er steckt voller Geschichten und voller Bitterkeit. Einer seiner Vorfahren, Wilhelm Zucker ist zum Katholizismus konvertiert und seine Tochter daraufhin nach Amerika ausgewandert. Nach ihr hat er das Haus, das einst Synagoge war und nun Wirtshaus ist, »New York« genannt und es in großen Buchstaben auf die Fassade malen lassen. Eines Tages fand er in der Steinverkleidung des Torbogens der Hofeinfahrt eine Pergamentrolle mit hebräischen Bibelversen

und den Namen des Allmächtigen auf der Rück-
seite. Das versetzte Wilhelm Zucker in großen Schrecken und er rannte zum Rabbiner, der ihn noch in
derselben Nacht zurückkonvertierte.

Die Tochter aber blieb trotz allem in Amerika.

*Metternich-Schloss Kynžvart: Kleiner Tempel im Park, Westböhmen*

Zweihundertneunzehntens:
Im Schloss der Fürsten von Metternich.
Für ein bisschen Kleingeld darf man das Schloss besichtigen. Begleitet von einem livrierten Diener, dessen Gesichtsausdruck größte Geringschätzung ausdrückt und den Generalverdacht, dass man mit an Sicherheit grenzender Wahrscheinlichkeit einen Diebstahl beabsichtigt.

Zweihundertzwanzigstens:
In der Bibliothek.
»Description de l'Égypte« - da lagen sie vor mir, alle großformatigen 23 Bände der originalen ersten Edition. Es soll weltweit nur noch ein Dutzend komplette Ausgaben geben. Ich wusste, dass mein Vater diese Bücher wieder und wieder in Händen gehalten hat. Ich spüre es: Sein Schweiß haftet noch auf dem Einband, seine Träume lagern wortlos zwischen den Seiten. Johann Friedrich von Waldeck kam mir in den Sinn, Teilnehmer der Expedition Napoleons, Zeichner so mancher Illustration in diesen Prachtbänden. Ich hörte Stimmen aus den Folianten sprechen. War's mein Vater? War's Waldeck, der will, dass ich doch noch seine Geschichte erzähle?

Zweihunderteinundzwanzigstens:
Im Kuriositätenkabinett.
Da stand er vor mir, der legendäre Sarkophag des Priesters aus Theben, der das Leben meines Vaters veränderte. Gerne hätte ich hineingesehen, ob darin wirklich die sterblichen Reste eines Menschen lagen.

In einer Vitrine die Mumien von einem Dutzend winziger Krokodile. Gerade aus dem Ei geschlüpft wurden sie schon für die Ewigkeit präpariert, ohne Chance auf ein Leben dazwischen. Warum nur, Raphael Branntwein, hatten diese toten Miniaturen solchen Einfluss auf Dich? Welche Magie nahm Dich gefangen? Gibt es ein Leichengift, das süchtig macht?

Wer bist Du wirklich, Vater?! Lesesüchtiger Sohn des Analphabeten Mosche Branntwein? Nachfahre des letzten Henkers von Eger? Illegitimer Spross des Fürsten von Metternich? Und was ist Dein Erbe, das mich so zerfrisst?

Zweihundertzweiundzwanzigstens:
Die eisige Hand des Todes.
Ich habe sie gespürt, heute bei meinem Spaziergang durch den Schlosspark. Die Tür zum Eiskeller der Brauerei war unverschlossen und ich wagte es, die Stufen hinabzusteigen. Bereits am Eingang hatte mich ein kalter Hauch umweht, kälter als alle Winter meines Lebens. Hier braucht man keine Mumien anzufertigen, er genügt, einen Leichnam abzulegen und er bleibt gekühlt bis zum Jüngsten Tag.

Zweihundertdreiundzwanzigstens:
Eine weitere Entdeckung.
Unweit des Eiskellers entdeckte ich Steinstufen, die nach oben führen. Am Ende der Treppe steht ein kleiner Tempel, im Stil der Antike. Welchen Zweck mag er wohl den Fürsten von Metternich gedient

haben? Der eine, der berühmte Kanzler war überzeugter Katholik, sein Sohn ein überzeugter Freimaurer. Doch fand ich keine Symbole, die in diese Richtung weisen. Der livrierte Diener, der inzwischen ein wenig entspannter scheint, erklärte mir, dass es sich bei dem »Ding da oben« um ein Teehaus handelt. Das glaube ich ihm nicht.

Zweihundertvierundzwanzigstens:
Der Schriftsteller ist zurück.
Habe mich im ersten Stock im Haus New York wohnlich eingerichtet. Königswart scheint mir der rechte Ort, wieder mit dem Schreiben zu beginnen. Eine Zeitungsnotiz löste in mir einen Gedankenblitz aus und ich versuche meinen Arkanto fortzuschreiben: »Der indische Literatur-Nobelpreisträger Rabindranath Tagore besuchte im fränkischen Fürth berüchtigten Anarchisten«. Ich brauche mehr Informationen!

Zweihundertfünfundzwanzigstens:
Ein wegweisendes Telefonat.
Fernmündlich Abraham Ullstein um Auskunft gebeten. Das Treffen des Inders mit dem Anarchisten ist keine Zeitungsente. Der Franke ist polizeibekannt und wurde schon vor dem ersten Weltkrieg bei jedem Besuch des bayerischen Königs vorsichtshalber eingesperrt, ebenso sein Bruder. Morgen reise ich nach Fürth.

## Trost.

Der guten Freunde sind ja viele,
Sie leihen willig Herz und Ohr.
Wir sprechen all' vom gleichen Ziele —
Und jeder stellt's sich anders vor.

Wir drängen treu es eng zusammen
Und schür'n der Freundschaft Feuerlein;
Doch keine Tat will draus entflammen
Und traurig weiß ich mich allein

So fühl' ich herb den Trennungsstrich,
Den Riß, der durch mein Leben geht — —
Was tuts mein Kind? ich hab' ja dich,
Dich Einzige, die mich versteht.

*Fritz Oerter, Gedicht „Trost",*
*erschienen in der Anthologie „Stimmen der Freiheit"*
*1901*

Zweihundertsechsundzwanzigstens:
Der einsame Idealist.
Als er mir die Türe öffnete, dachte ich, Mark Twain steht vor mir. Schlohweißes, volles Haar, buschiger Schnauzer, sanfte, aber wache Augen: Fritz Oerter, der Anarchosyndikalist. Ein Lithograph ist er und Dichter. Einer der glaubt, dass man dem einfachen Volk nur Zugang zur Bildung bieten müsste, um eine bessere Welt zu schaffen. Einer der Bücher nicht nur druckt und verkauft, sondern auch eine Leihbücherei betreibt. Doch er trägt das Stigma der gescheiterten Räterepublik auf der Stirn und fast alle begegnen ihm mit Argwohn.

Zweihundertsiebenundzwanzigstens:
Der indische Besucher.
Oerter bestätigte mir den Besuch von Rabindranath Tagore. Natürlich war ich neugierig, warum ein Literaturnobelpreisträger einen völlig unbekannten Dichter in Fürth besucht. Es stellte sich heraus, dass die beiden schon seit längerer Zeit korrespondieren und Gedichte austauschen. Oerter amüsierte sich darüber, dass Thomas Mann den Inder total ignorierte und ein Treffen abgelehnt hatte. »So hatte er Zeit, mit mir im Stadtpark spazieren zu gehen.« Ich sehe sie vor meinem inneren Auge, die beiden weißhaarigen Dichter, mit langem Haupthaar beide, mit prächtigem Schnauzer der eine, mit langem, wallenden Vollbart der andere. Ich denke, die Bürger haben ihnen verwundert nachgesehen.

*Wohnhaus von Fritz Oerter in Fürth*

Zweihundertachtundzwanzigstens:
Im Bug des Schiffes.
Das Haus, in dem Oerter wohnt, ist sehr markant. Es erinnert mich an das Flatiron Building, den berühmten Wolkenkratzer am New Yorker Times Square, natürlich viel, viel kleiner. Es ist an der Stirnseite nur ein Zimmer breit und ragt einem auf der abschüssigen Straße, die man Fischerberg nennt, entgegen wie Schiff. Als würde das Haus aufsteigen vom Fluss, der Pegnitz dort unten. Ganz oben, unterm Dach wohnt er, von dort hat er den Blick nach unten zu den Ärmsten, aber auch zu den Sternen, die von seiner Sehnsucht künden. Sein anfänglicher Feuereifer, sein Brennen für eine gerechte Zukunft wich nach und nach einer zunehmenden Wehmut. Er erzählte aus seinem Leben. Als Friedensaktivist hatte man ihn während des Weltkriegs zu 15 Monaten Festungshaft verurteilt und vor zwei Jahren noch hat er nach dem Scheitern der Münchner Räterepublik eine Zeit lang den geflüchteten Schriftsteller und Revolutionär Ernst Toller beherbergt. Auch in Fürth hatten sie eine Räterepublik, der Traum von der besseren Welt in Franken hielt aber nur vier Tage. Zum Schluss las er mir noch aus der Anthologie »Stimmen der Freiheit« ein Gedicht von ihm vor, das er seiner Frau gewidmet hat:
*Trost*
*Der guten Freunde sind ja viele,*
*Sie leihen willig Herz und Ohr.*
*Wir sprechen all' vom gleichen Ziele –*
*Und jeder stellt sich's anders vor.*

*Wir drängen treu es eng zusammen*
*Und schür'n der Freundschaft Feuerlein;*
*Doch keine Tat will draus entflammen*
*Und traurig weiß ich mich allein.*
*So fühl ich herb den Trennungsstrich,*
*Den Riss, der durch mein Leben geht – -*
*Was tut's mein Kind, ich hab ja dich,*
*Die Einzige, die mich versteht.*

Zweihundertneunundzwanzigstens:
Auf den Spuren Gustav Adolfs.
Das hätte ich nie erwartet: Ich besuche einen Anarchisten und lande schräg gegenüber im Dreißigjährigen Krieg. Nicht direkt, natürlich, aber doch mit-
tendrin. Ich habe im Gasthaus »Grüner Baum«
Quartier genommen, wie dies der Schwedenkönig
Gustav Adolf II. im August 1632 auch getan hat.
Draußen vor der Stadt lauerte Wallenstein und dort
ist es dann an der Alten Veste zur Schlacht gekommen, die wie viele Schlachten davor und danach
ausging, kein Sieger, nur Verlierer, die tot oder verstümmelt zurückblieben. Von diesem Wirtshaus aus
ist der König nach dem Scharmützel weitergezogen,
wo ihn bald darauf bei Lützen die tödliche Kugel
traf.

Zweihundertdreißigstens:
Was wäre wenn?
Könnte es sein, dass der ewige Magier Wallenstein
durch den Dreißigjährigen Krieg verfolgt hat? Dass
Arkanto auch hier war, in Fürth, im »Grünen

153

Baum«? Dass er den Feldherrn stets im Auge hatte, bis zur Nacht in Eger, die Wallensteins letzte war? Doch wie bringt dies meinen Roman voran? Ist's nicht doch nur eine weitere Schachtel in der Schachtel?

Zweihundertdreißigstens:
In Oerters Leihbücherei.
Ein Paradies für jeden liberalen Bücherfreund! Sozialistische Utopien, tabulose Poesie, anarchistische Pamphlete, sogar Raphael Friedebergs Broschüre »Direkte Aktion« habe ich gefunden. Erzählte Oerter, dass ich den Autor in Ascona persönlich kennenlernen durfte. Der »Anarchistendoktor« ist inzwischen eine Legende!
»Einer der wenigen, der sich selbst treu und anständig geblieben ist«, sagte der einsame Fürther Idealist mit trauriger Stimme, »So einen musst du unter Tausenden lange suchen.«

Zweihunderteinunddreißigstens:
Besuch der Fürther Loge.
In Fürth gibt es seit 1803 die Freimaurerloge »Zur Wahrheit und Freundschaft«. In meinem Geburtsjahr 1891 haben sie ihr wunderschönes Logenhaus eingeweiht. Erbaut im spanischen Historismusstil ist es eine Perle der Architektur! Der Stuhlmeister Karl Strauß führte mich durchs ganze Haus, zeigte mir Tempel und Klubraum, Bibliothek und Billardzimmer und draußen gibt es gar eine Kegelbahn. Man kommt sich vor wie in einem feinen englischen

154

Club. Der Bruder lud mich für morgen Abend ein zu einer Tempelarbeit im 1. Grad mit Aufnahme und anschließender Tafel. Ich freue mich darauf!

Zweihundertzweiunddreißigstens:
Ein neuer Bruder.
Die Brüder der Loge »Zur Wahrheit und Freundschaft« sind Idealisten der anderen Art … Viele Kaufleute, Juristen und Ärzte. Das ist atmosphärisch anders als zuhause in Prag. Da ist es bunter, hier wirkt alles sehr gesetzt, gediegen, explizit bürgerlich. Der neue Bruder Emil Fleischmann ist auch ein Kaufmann. Netter Kerl, seit Jahren verheiratet und ohne Kinder. Ich denke, er sucht in der Loge ein Refugium, fern von Weib und Alltag.

Zweihundertdreiunddreißigstens:
Aufbruch zurück.
Werde nach Hause zurückzukehren. Denke, dass es sich gelohnt hat. Viele Einträge in meinem Notizbuch, viele Eindrücke in meinem Kopf und manche gar im Herzen.

Zweihundertvierunddreißigstens:
Station bei Alfons Mucha.
Habe beschlossen einen Abstecher zu Schloss Zbiroh zu machen, um den Mann zu treffen, der mich zum Freimaurer aufgenommen hat. Die Teilnahme an der Tempelarbeit in Fürth förderte in mir viel mehr zutage, als ich gedacht hatte. Ich muss mit Bruder Alfons reden.

Zweihundertfünfunddreißigstens:
Im Atelier des Meisters.
Seit 1910 lebt und arbeitet Alfons nun schon in diesem Schloss. Er widmet sich mit aller Kraft seinem großformatigen Bilderzyklus »Slawisches Epos«. Wobei »großformatig« noch ziemlich untertrieben ist, die Werke sind gigantisch dimensioniert. Deshalb braucht er auch als Atelier den Festsaal des Schlosses, bei dem er das halbe Dach durch Oberlichter hat ersetzen lassen.

Zweihundertsechsunddreißigstens:
Das Leiden des Künstlers.
Abends sagte Alfons zu mir: »Es ist schrecklich, dass die Leute in mir immer nur den Plakatmaler sehen, den romantischen. dekorativen Grafiker. Sieh Dich um hier, Leopold! Das ist die Geschichte des slawischen Volkes. Hier vereint sich Mythos und Historie. Das soll von mir bleiben, mit diesen Bildern soll man sich an mich erinnern.« Nur schade, dass wir keinen Einfluss darauf haben, wie und ob sich überhaupt jemand an uns erinnert.

*Schloss Zbiroh, im ehemaligen Festsaal mit den Oberlichtern das Atelier von Mucha*

Zweihundertsiebenunddreißigstens:
Dunkle Zeichen.
Zurück in Prag beschleichen mich unaussprechbare
Ängste. Wer gibt dem künftigen Schrecken Worte?
Wer kennt die Gedichte von morgen?

Zweihundertachtunddreißigstens:
Die Wahrsagerin.
Mein Freund Pavel ging zu einer Wahrsagerin und
fragte sie, wie es mit seiner Liebe stünde. Sie antwortete: »Mein Herr, ich bin für die Zukunft zuständig.«
Pavel sagte: »Darum bin ich ja hier, bei Ihnen!« Sie
schüttelte den Kopf: »Sie sind falsch bei mir, Sie haben keine Zukunft.«

Zweihundertneununddreißigstens:
Staatskrise in Ägypten.
Während bei uns die Menschen die Freiheit genie-
ßen, beschneidet sie in Ägypten der erzkonservative
König Fu'ad I. immer mehr. Was interessieren ihn
Verfassung und Gesetze? Überhaupt nicht. Opposi-
tionelle landen ohne Prozess im Gefängnis. Und ich
muss immer an meinen Vater denken. Wenn er denn
dort ist und so einer ist, wie ich denke, dass er einer
ist, würde er dann in so einer Situation nicht den
Mund aufmachen? Wäre er dann nicht als Auslän-
der doppelt verdächtig und gefährdet? Ich sorge
mich um ihn.

Zweihundertvierzigstens:
Begegnung im Traum.
Es musste ja so kommen: Ich sah meinen Vater im
Traum. Obwohl ich ihm nie begegnet bin, erkannte
ich ihn sofort: Raphael Branntwein, der mumien-
süchtige Verschollene, der übergroße Abwesende
meines Lebens. Er war in ein Gespräch mit einem
Mann vertieft. Vater bemerkte mich nicht. Als der
Mann zur Seite blickte, erkannte ich König Fu'ad,
dessen Bild derzeit ständig in der Zeitung ist. Plötzlich hörte ich die Stimme meines Vaters. Erstaunli-
cherweise sprach er tschechisch mit dem ägypti-
schen Herrscher. Das verblüffte mich so sehr, dass
in zuerst nicht auf den Inhalt seiner Worte achtete.
Dann hörte ich meinen Vater sagen: »Majestät, ich
habe die alten Techniken über Jahrzehnte studiert.
Sie finden in Ihrem Land und auf der ganzen Welt
keinen, der diese besser beherrscht als ich. Dazu
kenne ich alle notwendigen heiligen Handlungen
und ich weiß auch, dass es immer noch praktizie-
rende Amunpriester gibt. Sie glauben mir nicht?
Nichts ist zäher als eine Religion und die alte ägyptische war und ist eine sehr starke Religion.«
Da mir den König den Rücken zuwandte, konnte ich
seine Reaktion nicht erkennen und es war auch
nichts zu hören. Anscheinend hatte ich nur die
Gabe, meinen Vater zu verstehen. Der sagte dann:
»Ich werde alles genau auf die uralte Weise tun, damit Sie wie die Pharaonen vor Ihnen ins Jenseits A-
mentet gehen können, Majestät.« Der König schien
meinen Vater etwas zu fragen, denn dieser

antwortete: »Wenn Ihr Aufstieg zu den Sternen nach meinem Ableben erfolgen sollte, werde ich dafür Sorge tragen, dass er rituell exakt vonstattengehen wird. Dafür werde ich einen Nachfolger ausbilden, dem ich all mein Wissen, all meine Fähigkeiten weitergeben will. Schicken Sie nach meinem Sohn Leopold in Prag, Majestät. Schicken Sie ihm Fahrkarte und Reisegeld und Ihr Fortleben in der anderen Welt ist gewiss.«

Zweihunderteinundvierzigstens:
Angst.
Ich denke, fast alle Menschen würden für ihr ewiges Leben über Leichen gehen. Seit Tagen beäuge ich misstrauisch den Briefträger. Doch er bringt mir nur normale Korrespondenz. Dennoch bin ich verängstigt und bedrückt, nicht einmal ein Scheck der Zeitschrift Witiko für eine veröffentlichte Geschichte konnte mich aufheitern.

Zweihundertzweiundvierzigstens:
Verstand versus Gefühl.
Ich weiß, dass es nur ein Traum war. Alles ist rational erklärbar, ich bin ein Opfer der Reizworte: Vater - Ägypten – Herrscher – Pharao – Mumie – Vater – Sehnsucht – Reise – Konfrontation – Bedrohung – Erwartungen – Vater …

Zweihundertdreiundvierzigstens:
Ablenkungen.
Schwanke zwischen Lemmels Apfelwiese und dem "Loisitschek". Apfelwiese ist entspannend leise, aber emotional zu nahe an Vater und damit am bedrohlichen Ägypten, also lieber ins laute »Loisitschek«, die Gedanken aus meinem Hirn vertreiben.

Zweihundertvierundvierzigstens:
Die Rückkehr des Kometen.
Klara ist wieder da. Plötzlich stand sie vor meiner Tür, klopfte an und trat ein, ohne mein »Herein!« abzuwarten.

Zweihundertfünfundvierzigstens:
Das Spiral-Leben.
Das Leben ist wie ein Wirbel, der sich um eine nicht definierte Gerade bewegt, die unsere Lebenslinie darstellt. Immer wieder wird die Gerade vom Wirbel berührt, doch immer an einem anderen Punkt, völlig unvorhersehbar. Es ist immer dieselbe Linie, es ist immer derselbe Wirbel und doch entsteht jedes Mal eine völlig neue Konstellation. Das Glück wiederholt sich ebenso wenig wie das Unglück, es ist immer anders, immer neu.

Zweihundertsechsundvierzigstens:
Der Heiratsantrag.
Unfassbar - Klara hat mir einen Heiratsantrag gemacht. Sie mir! Ich kann es kaum fassen. Sie sagte:

»Alles hat gerade so viel Zukunft, warum nicht auch wir?« Ich habe Ja gesagt.

Zweihundertsiebenundvierzigstens:
Hochzeitsvorbereitungen.
In zwei Wochen ist es so weit: Klara und ich werden heiraten. Habe auch meinen Vater eingeladen, mit einem Brief postlagernd Hauptpostamt Kairo. Bin gespannt, ob er kommt …

Zweihundertachtundvierzigstens:
Die Wiederentdeckung.
Heute habe ich diese, meine Aufzeichnungen wiedergefunden, nach sieben Jahren! Hatte dieses Manuskript total vergessen. Wir sind zweimal umgezogen und es war in einer der hundert Schachteln mit alter Korrespondenz und Notizen. Wie viel ist doch inzwischen geschehen, wir leben in einer anderen Welt. Zumindest in einer anderen Tschechoslowakei.

Zweihundertneunundvierzigstens:
Jetztzustandsbeschreibung.
Klara und ich haben uns gut zusammengelebt und dabei zwei Kinder bekommen. Also, Klara in erster Linie. Ich liebe sie, die Kinder und natürlich Klara, auch wenn meine Mentalität eher nicht zum Familienvater tendiert, wie ich erfahren musste. Mehr und mehr kann ich meinen Vater Raphael verstehen, obwohl ich immer noch kein Verlangen verspüre, Leichen zu mumifizieren.

Zweihundertfünfzigstens:
Ein Zeichen?
Ist das Wiederauffinden dieses Manuskripts ein Hinweis auf eine gravierende Veränderung in meinem Leben? Will der Kosmos, der Schöpfer, das Karma, der große Weltenspieler mir damit ein Zeichen geben? Ich denke schon, denn Klara ist mit den Kindern zu ihrer Mutter gezogen.

Zweihunderteinundfünfzigstens:
Tempora mutantur.
»Die Zeiten ändern sich, und wir ändern uns in ihnen«, oder trifft es nicht Ovid besser, der schrieb: »Die Zeiten gleiten dahin und in stillen Jahren altern wir«? So viel hat sich geändert und von der großartigen Zukunft ist nichts mehr übrig. Alles aufgebraucht im Streit mit den Nazis, die in Deutschland die Macht übernommen haben. Welch schlimme Zeiten, in denen du von den einen verachtet wirst, weil du in Deutsch schreibst und von den anderen, weil du ein böhmischer Jude bist. Ich sitze zwischen allen Stühlen und sehe die dunklen Wolken, die schon viel näher sind als der Horizont.

Zweihundertzweiundfünfzigstens:
Der Schlussstrich.
Klara will die Scheidung. Und das alleinige Sorgerecht für die Kinder. Habe in alles eingewilligt.

Zweihundertdreiundfünfzigstens:
Die Angst geht um.
In Spanien ist Bürgerkrieg und die Deutschen mischen kräftig mit. Die Lage im Sudetenland spitzt sich immer mehr zu, die Fratze des Hasses versteckt sich nicht mehr. Ich bin mir sicher, Hitler wird einmarschieren und das ist der Anfang von unserem Ende. Ich werde emigrieren bevor es zu spät ist …

Zweihundertvierundfünfzigstens:
Fluchtpunkt Ascona.
Es ist wie eine Heimkehr. Diesmal enttäuscht mich der Ort nicht. Alles ist hier so friedlich, ohne Aggression. Das Leben pulsiert hier wie eh und je und die Luft ist erfüllt von Kreativität. Habe Else Lasker-Schüler und Erich Maria Remarque näher kennengelernt. Der Ort wird langsam zu einer Exilhauptstadt der deutschsprachigen Literatur.

Zweihundertfünfundfünfzigstens:
Der Magier wandert weiter.
Habe inzwischen das neunte Kapitel meines Romans vollendet und steuere auf das Ende der Existenz der Waldeck-Figur zu.

Zweihundertsechsundfünfzigstens:
Das Ende des alten Waldeck.
Die Legende berichtet, Waldeck sei im Alter von 109 Jahren an einem Herzschlag gestorben, als er einer jungen Dame nachgesehen hatte. Deshalb werde ich dem Lustgreis literarisch einen angemessenen Tod

auf den ewig geilen Leib schneidern, aus dem mein Arkanto wie Phönix aus der Asche steigen wird.

Der ewige Magier
Kapitel X– Paris 30. April 1875
Plötzlich stand Ahasver in Waldecks Zimmer.
»Hab' Euch lange nicht gesehen, Läufer, und ich hab' Euch nicht vermisst. Es muss etwas sehr Wichtiges sein, wenn Ihr mich aufsucht. Was wollt Ihr?«, fragte der alte Abenteurer misstrauisch den ewigen Juden.
»Ihr spielt das Spiel nicht nach den Regeln, Arkanto!«
»Regeln? Wer soll unser Richter sein? Sind für uns die Regeln nicht egal? Welche Strafe steht darauf – der Tod? Den lass ich mir gerne geben. Jeden Tag sehne ich mich mehr nach ihm.«, antwortete Waldeck bitter.
»Euer persönliches Empfinden ist kein Grund, die Aufmerksamkeit auf all die anderen Langlebigen zu lenken. Ihr solltet endlich einen vernünftigen Abgang für Euren Grafen Waldeck inszenieren. 109 Jahre sind des Guten zu viel!«
»Na gut, ich bin einverstanden. Ich werde den alten Knaben ins Jenseits befördern. Aber um eins bitte ich Euch, helft mir, sein Ableben zu inszenieren. Es sollte für solch einen altgedienten Erdenbürger wie mich ein eindrucksvolles Spektakel bieten.«

Unter welch heiter-sarkastischen Umständen Waldeck dann vorgeblich starb, habe ich ausführlich in meinem Magier-Manuskript beschrieben.

Zweihundertsiebenundfünfzigstens:
Ein rauschendes Begräbnis.
Marianna Wladimirowna Werjowkina, besser bekannt als Marianna Werefkin, noch besser als "Die
Baronessa", ist am 6. Februar 1938 von uns gegangen. Man sagt, solch eine Beerdigung hat Ascona
noch nicht erlebt und das stimmt sicher. Ein russi-
scher Pope ist extra dafür aus Florenz angereist und
zwei Nichten der Baronessa, Konzertsängerinnen
beide. Der Priester betete und die Nichten antworte-
ten jedes Mal mit liturgischen Gesängen. Es war er-
hebend und alles was Augen hat, weinte. Der Zug
ging durch ganz Ascona und alle Straßen und Gassen waren mit Blumen bestreut. Die Grabrede hielt
der Pope auf russisch, italienisch und deutsch. Doch
für mich ist das wichtigste Vermächtnis der Grand
Dame ihr Satz »Ich liebe die Dinge, die nicht sind.«

Zweihundertachtundfünfzigstens:
Große Pläne.
Würde gerne nach Amerika auswandern, habe Naftule nach New York geschrieben und gebeten, die
Bürgschaft für mich zu übernehmen. Ohne eine solche lassen die einen gar nicht mehr ins Land. Es
kommen wohl zu viele. Da ist es gut, wenn man einen Halbbruder vor Ort hat.

Zweihundertneunundfünfzigstens:
Von Genua Richtung Freiheit.
Natürlich hat man mich beim Boarding schikaniert,
trotz der angeblichen Neutralität der Schiff-

fahrtslinie. Aber Jude bleibt eben Jude, sogar wenn
er eine gültige Fahrkarte und ausreichend Bargeld
hat.

Zweihundertsechzigstens:
Die Freiheitsstatue.
Das Schiff war viel zu weit entfernt, um die Inschrift
am Fuß der Statue zu lesen, aber ich kenne sie aus-
wendig:
*»Gebt mir eure Müden, eure Armen,
eure Beladenen, eure geknechteten Massen,
die frei zu atmen begehren, die bemitleidenswerten
Abgelehnten eurer gedrängten Küsten, schickt sie mir,
die Heimatlosen, vom Sturme gebeutelten,
hoch halte ich mein Licht am goldenen Tore.«*

Zweihunderteinundsechzigstens:
Ellis Island
Der Einwanderungsoffizier kontrollierte penibel
meine Papiere. Plötzlich schien er etwas gefunden
zu haben, das ihn misstrauisch machte: »Der Name
Ihres Bürgen ist Naftule Brandwein, angeblich Ihr
Bruder. Sie aber heißen laut Pass BRANNTwein.
Können Sie mir das erklären.« Mein Fehler war, es
mit Humor zu versuchen, als ich antwortete: »Als
Halbbrüder ähneln wir uns kaum.«
Er wurde sehr unfreundlich und sagte: »Für Scherze
haben wir hier keine Zeit. Also, warum hat Ihr Bruder einen anderen Namen?« Ich antwortete so sach-
lich wie möglich: »Weil der Einwanderungsoffizier
auf Ellis Island 1908 den Namen Branntwein meines

Halbbruders als Brandwein eingetragen hat. Angeblich wäre das so einfacher in Amerika, hatte man meinem Bruder gesagt.« Ich habe zwar nicht die geringste Ahnung, ob es wirklich so war, aber er gab mir wortlos den Stempel.

Zweihundertzweiundsechzigstens:
In New York.
Wohne vorerst bei Naftule in der Walton Avenue in der Bronx. Vom Fenster aus haben wir einen schönen Blick auf den Joyce-Kilmer-Park mit dem Heinrich-Heine-Denkmal. Unter dem Ausguss in der Küche logiert ein größeres Ameisenvolk und ab und zu rennen Kakerlaken über die Anrichte, aber sonst ist alles sauber. Besser dieses Ungeziefer im Haus als die Nazis am Hals.

Zweihundertdreiundsechzigstens:
Musik zum Weinen schön.
Habe Naftule in einen jüdischen Club begleitet, wo er einen Auftritt hatte. In dieser fernen Diaspora spielen die alten Sitten und Gebräuche, die Religion und die Musik eine viel größere Rolle als in Mitteleuropa. Hier entsteht eine berührende Bewusstheit, verknüpft mit einer melancholischen Sehnsucht nach der eigenen Identität.

*Naftule Brandwein*

Zweihundertvierundsechzigstens:
Opa Naftule.
Mein Halbbruder ist Großvater geworden, also bin ich jetzt Halbgroßonkel oder so ähnlich. Der kleine Spross einer von Naftules Töchtern heißt Arthur B. Rubinstein. Als ich fragte, was das »B« im Namen bedeutet, antwortete Naftule aus tiefstem Herzen: »Brandwein natürlich, was sonst?«

Zweihundertfünfundsechzigstens:
Meine Kreise erweitern sich.
Mit der wachsenden Zahl der Emigranten gibt es immer mehr deutsche Zirkel in New York. Traf einen Freimaurerbruder aus meiner Prager Loge. Er bot mir an, mich zu einem Treffen der deutschsprachigen Herder Lodge nach Queens mitzunehmen. Ich freue mich darauf!

Zweihundertsechsundsechzigstens:
Ich verdiene Geld.
Schreibe Werbetexte für einen Radiosender. Die Station macht jeden Tag zwei Sendungen für deutschsprachige Hörer, in denen lokale Händler Werbung platzieren können. Immerhin gibt es dafür ein bisschen Geld. Leider besteht in New York ein Überangebot an Autoren im deutschen Segment. Die Wenigsten können einen der gut bezahlten Korrespondenten-Jobs ergattern oder finden gar einen Exilverlag für ihre Literatur.

Zweihundertsiebenundsechzigstens:
Das Inferno beginnt.
Würde gerne mit Salvador Dalí streiten, aber ich spreche kein spanisch, geschweige denn katalanisch. Würde gerne wissen, was er von den surrealistischen Albtraumbildern hält, die man gerade in Deutschland produziert und von denen er so fasziniert ist. Von den dem Vorhof der Hölle entsprungenen Fackelzügen und den Aufmärschen der Heerscharen der Finsternis. In diesem Aufmarschfeld der Armeen des Teufels brennen nicht die Giraffen, sondern die Menschen. Noch nie wurde Licht in der Dunkelheit so missbraucht. Die nächtlichen Lichtfinger der Flak-Scheinwerfer bei den Reichsparteitagen weisen uns die Zukunft!

Zweihundertachtundsechzigstens:
In Europa ist Krieg.
Nach der Besetzung der Tschechoslowakei ist Hitler nun auch in Polen einmarschiert. Jeder hat es kommen sehen, keiner hat ihm rechtzeitig Paroli geboten. Nun greifen die unselig verzahnten Bündnismaschinen wie im ersten Weltkrieg unerbittlich ineinander. Front ist überall, doch die USA halten sich zurück.

Zweihundertneunundsechzigstens:
Eine persönliche Perspektive.
Jetzt bin ich wohl auch ein Kriegsgewinnler (ist ironisch gemeint!). Durch die weltpolitische Situation habe ich eine Stelle bei einer deutschsprachigen Zeitung in der Bronx bekommen.

Zweihundertsiebzigstens:
Was blieb von Leopold?
Heute ist mein 50. Geburtstag. Ich frage lieber nicht, wer bin ich jetzt, sondern lieber, was bin ich noch. Was ist übrig in dieser Ansammlung von Ereignissen, die man Leben nennt? Bin ein verlassener Ehemann, der nicht einmal Fotografien von seinen Kindern hat. Der nicht weiß, wo sie sind und was sie machen, wenn sie denn überhaupt noch leben. Die Chancen stehen nicht gut für kleine Juden in Europa. Es ist diese Sorge, die mich jeden Tag begleitet, es ist dieser Kummer, dem ich jede schlaflose Nacht begegne. Nein, ich will heute nicht feiern, auch nicht mit Naftule und seiner netten Familie.

Zweihunderteinundsiebzigstens:
Angriff auf Pearl Harbor.
Die Japaner haben gestern den Marinestützpunkt Pearl Harbor auf Hawaii bombardiert, heute haben das Deutsche Reich und Italien den USA den Krieg erklärt. Nun steht wirklich die ganze Welt in Flammen.

Zweihundertzweiundsiebzigstens:
Es gibt noch Privates.
Fluchten aus den Beklemmungen des Tages. Peggy Guggenheim und Pierre Matisse organisieren Ausstellungen von Exilkünstlern. Die Vernissagen sind eine gute Gelegenheit, mit anderen Emigranten in Kontakt zu kommen. Es sieht aus, als wäre fast die ganze europäische Avantgarde in New York gelandet. Man schwelgt in Erinnerungen, badet in Alkohol und schwadroniert sich in eine goldene Zukunft.

Zweihundertdreiundsiebzigstens:
Schreiben oder schreiben?
Der tägliche Termindruck der Artikel raubt mir die Kraft fürs andere Schreiben. Da bleibt keine Luft mehr für meine Aufzeichnungen oder gar Literatur. Das Überleben zählt jetzt, dazu brauche ich Geld und ein Dach über dem Kopf.
Hoffen auf ein Danach.

Zweihundertvierundsiebzigstens:
Der drohende Untergang.
Über Deutschland fliegen die Todesvögel und bringen die Früchte des Krieges. Nun erntet das Reich, was es gesät hat. Bomben legen das Land mit Explosionen und Feuer in Schutt und Asche, das Tausendjährige Reich zerbirst bereits nach zehn Jahren. Ist es das, was ihr wolltet? Ausgelöscht zu werden, ausradiert von der Erdoberfläche?

Zweihundertfünfundsiebzigstens:
Der Krieg ist zuende.
Die Waffen schweigen, doch zu welchem Preis? Ich frage mich, ob Ahasver, der ewige Jude, die Atombombenexplosion von Hiroshima überlebt hätte. Wenn ja, wäre dies der Beweis für die ultimative Macht Gottes. Gleichzeitig wäre es der definitive Beweis für die Grausamkeit und Menschenverachtung Gottes, der Millionen von Gebeten aus den KZs unerhört, der Millionen Menschen in diesem Krieg sterben ließ. Welche Unbarmherzigkeit, den einen wegen einer einzigen Verfehlung an einem einzigen Tag mit zweitausend Jahren Leben zu bestrafen und andererseits zig Millionen Unschuldigen das Leben für nichts zu nehmen.

Zweihundertsechsundsiebzigstens:
Der große Prozess.
Man schickt mich als Berichterstatter nach Nürnberg, um über die Prozesse zu berichten. Die absolut überzeugende Begründung meines Chefredakteurs: »Sie waren doch schon einmal in Franken. Sie kennen die Mentalität der Leute.«

*Gaststätte »Grüner Baum«*

Zweihundertsiebenundsiebzigstens:
Zurück in Europa.
In ganz Nürnberg ist kein bezahlbares Zimmer auf-
zutreiben. Da ich nicht zu den privilegierten Journalisten der Topzeitungen gehöre, musste ich mir
selbst etwas suchen. Bin nach Fürth in den »Grünen
Baum«, wo ich schon einmal Quartier genommen
hatte, gleich um die Ecke von dem markanten
Schiffsbughaus von Fritz Oerter.

Zweihundertachtundsiebzigstens:
Das Grauen ist nicht namenlos.
Habe von den Wirtsleuten erfahren, dass die SA O-
erter 1935 verhaftet und »massiv verhört« hatte.
Kurz nach seiner Entlassung aus der U-Haft ist er an
den Folgen gestorben.

Zweihundertneunundsiebzigstens:
Prozessalltag.
Alles schleppend, langes Verlesen von Anklage-
punkten. Ich denke, der internationale Gerichtshof
muss sich erst einmal selbst finden, sich orientieren,
was er eigentlich will.

Zweihundertachtzigstens:
Ein merkwürdiges Quartier.
Wohne auf Widerruf in einem Zimmer, das ein ein-
heimischer Schankknecht bewohnte, der in Russ-
land als vermisst gemeldet wurde. Darf nichts ver-
ändern, da die Wirtsleute jeden Tag mit seiner Rückkehr rechnen. Obwohl sie das natürlich nicht tun,

aber es ist eben ihre Art, dem Mann Respekt zu erweisen. Ich füge mich in die Situation.

Zweihunderteinundachtzigstens:
Die Suche.
Hoffe über den Suchdienst des Roten Kreuzes Hinweise auf Klara und die Kinder zu bekommen. Ich vermute, dass Klara damals ins Reich gezogen ist. Allerdings taucht nirgends in den Unterlagen eine Klara Branntwein auf. Die Russen sind sehr sperrig, so dass man aus der sowjetisch besetzten Zone Deutschlands so gut wie nichts erfährt.

Zweihundertzweiundachtzigstens:
Wenig Änderung.
Ich habe den Eindruck, dass sich im Bewusstsein der Deutschen nichts geändert hat. Heute sagte eine Frau im Wirtshaus zu mir: »Als wir in eurem Bombenhagel fast verhungert sind, habt ihr in Amerika doch nur darunter gelitten, dass die Nylonstrümpfe knapp wurden.« Ich musste schnell an die frische Luft.

Zweihundertdreiundachtzigstens:
Die Prozesse dauern und dauern.
Die Artikelspalten über die Nürnberger Prozesse gehören inzwischen zu den festen Bestandteilen der Zeitungen wie das Impressum, die Leserbriefe und die Wetterprognose. Wobei ich glaube, dass letztere häufiger gelesen wird. Was hier stattfindet, mag für

die Geschichtsbücher relevant sein, die Leute auf der Straße interessiert es herzlich wenig.

Zweihundertvierundachtzigstens:
Endlich das Ende.
Die Urteile sind gesprochen und vollstreckt. Meine Arbeit hier ist beendet. Aber ich werde noch bleiben, vielleicht finde ich eine Spur von Klara und den Kindern.

Zweihundertfünfundachtzigstens:
Kein Tropfen Hoffnung mehr.
Der Suchdienst teilte mir mit, dass eine Klara Branntwein 1941 mit zwei Kindern in Berlin gemeldet war. Höchstwahrscheinlich wurden die drei mit einem Transport nach Polen verbracht.

Zweihundertsechsundachtzigstens:
Wieder einmal weglos.
Meine Sehnsucht wurde zwischenzeitlich zur Alkoholsucht. Jeden Tag versuchte ich mein Leid zu ertränken, doch der Schnaps tötet es nicht, er betäubt es nur stundenweise. So will ich nicht länger leben. Rühre keinen Tropfen mehr an. Werde Anfang des nächsten Jahres nach Amerika zurückkehren. Alles, was ich noch an Familie und Freunden habe, ist dort.

Zweihundertsiebenundachtzigstens:
Nach dem Krieg kein Frieden.
Ich glaube nicht an ihn, den viel gepriesenen, viel gerühmten Frieden. Der Krieg hört nicht auf, niemals. Während wir uns hier noch bemühen, die Trümmer zu beseitigen, tobt in Griechenland ein Bürgerkrieg, bekämpfen die Franzosen zwecks Ausbeutung die Einheimischen in Indochina und schlagen sich Pakistan und Indien gegenseitig die Köpfe ein. Der Weg der Menschheit durch die Geschichte ist eine endlose Aneinanderreihung von Schlachten.

Zweihundertachtundachtzigstens:
Karneval.
Der fränkische Fasching als verzweifelter Versuch, das Leben zu feiern. Im Fürther Geismannsaal fand ein riesiger Bürgerball statt, nichts fein herausgeputztes, sondern improvisierte Kostüme aus dem, was man noch in Schränken und auf dem Dachboden gefunden hat. Verbrachte einen schönen Abend mit einem Mädchen, das schräg gegenüber vom »Grünen Baum« im so genannten Kannengießerhof wohnt. Sehr nett und lustig. Mit ihren gerade mal neunzehn Jahren hat sie mit der üblen Vergangenheit nichts zu tun. Die Gnade der späten Geburt, nennt man das, glaube ich. Es ist tröstlich, dass es so etwas doch noch gibt und es lässt mich hoffen. Es war meine schönste Nacht der letzten Jahre.

***

Allgemeine Gedanken Eins:
Das Verschwinden der Gegenwart

Zugegeben, damit Gegenwart verschwindet, müssen wir nichts tun, das geschieht von selbst. Oder fast von selbst. Denken wir. Aber vielleicht tun wir ja doch etwas, damit die Gegenwart verschwindet. Während wir so dasitzen, um ihr Verschwinden zu beobachten, atmen wir. Es könnte also sein, dass durch unser Atmen die Gegenwart verbraucht wird. Ähnlich wie der Sauerstoff in einem Raum durch unser Atmen immer weniger wird und wir dafür Kohlenstoffdioxid ausatmen, verwandeln wir vielleicht durch unser Atmen die Gegenwart in Vergangenheit. Quasi Ventilation als Ursache der Zeit. Wenn wir aufhören zu atmen, könnte die Zeit stillstehen.

Allgemeine Gedanken Zwei:
Der Spatz rettet die Taube vor dem Bussard

Beim Spaziergang beobachtete ich einen Bussard, der eine Taube jagte. Immer wieder versuchte sie eine Baumkrone zu erreichen, doch hätte sie sich bei ihrer hohen Anfluggeschwindigkeit sicher einen Flügel gebrochen. Plötzlich flatterte aus einem Wipfel ein Spatz empor und irritierte den Bussard. Der Taube gelang es, sich zwischen den dichten Ästen zu verstecken und der Greifvogel segelte ohne einen weiteren Flügelschlag zum nahe gelegenen Wald.
Als hätte die Weisheit mich gestreift, kehrte ich beseelt nach Hause zurück. Ich werde den Spatz aus der Hand fliegen lassen.

Allgemeine Gedanken Drei:
Wer vergibt den Unschuldigen?

Wenn ein Mensch nur durch die Vergebung das Himmelreich erlangen kann, wie steht es dann mit den Unsündigen? Bleibt ihnen das Tor auf ewig versperrt? Oder müssen sie noch einmal zurück auf die Erde und sündigen, damit man ihnen vergeben kann, um ihnen so den Eintritt doch noch zu gewähren? Bedeutet dies nicht in der Konsequenz, dass allein das Streben nach Vergebung der Grund für alle Sünden ist?

Allgemeine Gedanken Vier:
Es gibt keine Normalität!

Bisher konnte mir keiner sagen, wie ein normales Leben aussieht. Das geht auch gar nicht, weil es kein normales Leben gibt. Jedes Leben ist eine Ausnahmesituation. Wo steht denn die Norm für ein normales Leben? Wo ist das bitte festgehalten? Und wer soll das verordnet haben? Nicht einmal in der Bibel steht ein Gebot dafür. Gott sagte bei der Vertreibung aus dem Paradies nicht: »Verschwindet ihr Unwürdigen und führt ab jetzt ein normales Leben!« Kein Messias befahl seinen Anhängern: »Geht hinaus in die Welt und lehret die Völker ein normales Leben!« Nein! Wir alle sind die Abweichung von allen anderen. Die Norm des Lebens ist das Abnorme!!

\*\*\*

*Hier enden die Aufzeichnungen des Leopold Branntwein, über sein weiteres Schicksal ist nichts bekannt.*

Gerd Scherm

1950 in Fürth geboren und aufgewachsen, lebt seit 1996 mit seiner Frau Friederike Gollwitzer in einem alten Fachwerkgehöft in Binzwangen bei Colmberg.
Gerd Scherm ist Schriftsteller und bildender Künstler. Er arbeitete zehn Jahre als Kreativdirektor für Rosenthal und organisierte u.a. die Selber Literaturtage, die Künstlertage auf der Mathildenhöhe in Darmstadt und die Fürther Kunst-Begegnungen.
Sein reiches literarisches Spektrum umfasst Dramen, Romane, Erzählungen, Kurzgeschichten, Satiren, Libretti und Essays. Einer seiner Schwerpunkte liegt in der Lyrik, die er meist in künstlerisch-bibliophiler Ausstattung präsentiert und die auch immer wieder zeitgenössische Komponisten zu Vertonungen inspiriert. Seine Bühnenwerke wurden in zahlreichen Städten aufgeführt.
Gerd Scherm war Gastdozent an der Freien Universität Berlin, an der Universität St. Gallen und an der Ludwig-Maximilian-Universität München.

*Foto: Martina Kramer*

**Auszeichnungen:**
2018 Deutscher Phantastik Preis
2017 Dr. Bernard-Beyer-Medaille
2013 „Künstler des Monats" Juni der Metropolregion
Nürnberg
2010 Förderung des Dramas „Alexander der letzte Markgraf" mit 20.000 € durch das Bayerische Staatsministe-
rium für Wissenschaft, Forschung und Kunst
2007 Turmschreiber auf Burg Abenberg
2006 Literaturpreis der Bayerischen Akademie der
Schönen Künste
2004 AutorenAward für den Roman
„Der Nomadengott" auf der Leipziger Buchmesse
2001 Paulskirchen-Medaille
1998 Matthias-Claudius-Medaille, Berlin
1995 Stipendium des Auswärtigen Amtes,
Aufenthalt in Schottland
1995 Wolfram-von-Eschenbach-Förderpreis
1977 Rosenthal Grenzland-Lyrik-Preis
1974 Stipendium des Auswärtigen Amtes,
Aufenthalt in Italien
1972 Kulturförderpreis der Stadt Fürth

**Einzelveröffentlichungen (Auswahl):**
„Spiegeleien", Maro Verlag, Gersthofen 1971
„Zeichen", Vorwort Eugen Gomringer, Selb 1975
„Auf der anderen Seite der Nacht", Verlag Lothar Berthold,
Fürth 1987
„WortRäume", Museum Glaskasten, Marl 1987
„Zwischen den Zeiten", Freipresse, Bludenz 1994
„Die Kreise der Hexe Antra", Freipresse, Bludenz 2002
Nomadengott-Roman-Trilogie: „Der Nomadengott", „Die
Irrfahrer" und „Die Weltenbaumler", Heyne Verlag, München 2006-2008
„Inmitten der Brombeerhecke", Lyrik, Aachen 2008
„Der Turm der geschwätzigen Vögel", Prosa, Verlag Landkreis Roth 2010
„Die dunkle Mühle. Eine Gollwitzer-Saga", Roman, Hrsg.
Vito von Eichborn, Norderstedt 2012
„Der schändliche Skandal Heine-Platen", Drama, Norderstedt 2013
„Der Lehrer, der Student und die Soldaten oder Das gestohlene Leben", Drama, Norderstedt 2014
„Rabengesang", Illustrationen W. Schramm, Bludenz, 2016


Weitere Informationen unter: **www.scherm.de**

Vergriffene und signierte Bücher beim Autor:

Gerd Scherm
Binzwangen 12
91598 Colmberg

gerd@scherm.de